しあわせ大根

一膳めし屋丸九㊄

中島久枝

時代小説文庫

角川春樹事務所

本文デザイン／アルビレオ

目次

一膳めし屋丸九

主な登場人物

お高《たか》◆日本橋北詰の一膳めし屋「丸九」のおかみ。父・九蔵が料亭「英《はなぶさ》」の板長を辞めて開いた店を、父亡きあとに二十一歳で引き継いだ。二十九歳。

お栄《えい》◆四十八歳。最初の夫とは死別、二度目の夫と別れてからはひとりで生活し、先代のときから丸九で働く。

お近《ちか》◆丸九で働く十六歳。仕立物で生計を立てる目の悪い母とふたり暮らし。

徳兵衛《とくべえ》◆丸九の常連。「升屋《ますや》」の隠居で、なぞかけ好き。

惣衛門《そうえもん》◆丸九の常連。渋い役者顔で、かまぼこ屋の隠居。

お蔦《つた》◆丸九の常連。五十過ぎで艶っぽい端唄の師匠。

政次《まさじ》◆お高の幼なじみ、仲買人。妻・お咲との間に二人の子供がいる。

草介《そうすけ》◆お高と政次の幼なじみ。尾張で八年間修業してきた「植定《うえさだ》」の跡取り。

双鷗《そうお》◆厳しい画塾を開く高名な絵師。

作太郎《さくたろう》◆双鷗画塾に出入りする陶芸家。英の先代の息子。

もへじ◆双鷗画塾の講師。

おりょう◆英の現在のおかみ。

一膳めし屋 丸九《まるきゅう》 五

しあわせ大根

第一話　江戸の黒豆

一

日本橋《にほんばし》の年の瀬はあわただしくにぎやかに過ぎていく。

日本一と呼び声の高い魚《うお》市場は人であふれ、正月に向けて姿のいい大きな鯛《たい》やあわび、伊勢《いせ》えびが高値で取引される。市場で働く男たちは、息が白くなる寒さのなかで額に汗を浮かべて働いている。

大通りに並ぶ店でも、番頭や手代《てだい》が正月用の品物を取りそろえてお客を待っている。来客用の豪華な漆器《しっき》や贅沢《ぜいたく》な器《うつわ》、そのほか祝箸《いわいばし》、調理用のさらし布巾、女たちは呉服屋で晴れ着を誂《あつら》え、半襟《はんえり》、足袋《たび》、肌着を買いそろえ、白粉《おしろい》に紅《べに》を求める。ひとつ買ったらもうひとつ、こちらを買うならあちらもと、店の売り子は上手にお客にすすめていく。

忘れてならないのが年の瀬の支払いと大掃除で、これがすまなければ年が越せない。支払いのほうはあちらから集金して、こちらに払うのだ。順序が逆では回らないから、番頭はその算段で頭が痛い。大掃除は女中や小僧の仕事である。ふだんは開けない戸棚や蔵の奥のすすを払う。

師走《しわす》とはよく言ったもので、日めくりが残り少なくなるのにしたがって、あれもこれもと人々は追い立てられるように大晦日《おおみそか》に向かって歩を進める。

人が動けば腹がすく。

日本橋北詰《きたづめ》近くにある一膳《いちぜん》めし屋丸九《まるきゅう》も、そんなお客たちでいっぱいである。

大晦日。

まだ、夜の名残をとどめているような早朝に店を開けると、待っていたお客たちがあわただしく席についた。冷たい風の吹くなかを歩いて来たお客たちの顔は寒さで赤くなっている。かじかんだ手で熱い茶の入った湯飲みを包み、ほっと息をつく。

「今朝は鯛のあら炊きに豆腐のえびあんかけ、わかめとねぎのみそ汁に香《こう》の物、甘味《かんみ》は田舎汁粉《いなかじるこ》です」

お近《ちか》が大きな声で言いながら、慣れた様子で膳を運ぶ。やせて小さな顔にくりくりとした目ばかり目立つ娘で、頬《ほお》に薄くそばかすが散っているのがかわいらしい。

大鍋《おおなべ》でとったかつおだしの香りが満ちた厨房《ちゅうぼう》で鯛のあら炊きを盛り付けているのは、この店の女主《おんなあるじ》のお高《たか》だ。大柄な女で、肩にも腰にも少々肉がついたが、きめの細かい肌はつややかで、髷《まげ》を結《ゆ》った黒々とした髪は豊かだ。黒目勝ちの大きな瞳はいきいきとしている。その脇で湯気をあげる三升炊きの大釜《おおがま》の白飯をよそっているのはお栄《えい》。お高の父親の九蔵《ぞう》が生きていたころから丸九で働いていた女で、年は四十八。小さな体でやせていて、きびきびとよく動く。細い目に小さな口。その口がときどき厳しいことを言う。

丸九はおかみのお高とお栄、お近の三人で回している一膳めし屋だ。

朝も昼も白飯に汁、焼き魚か煮魚、野菜の煮物か和《あ》え物、漬物、それに小さな甘味がつく。凝《こ》った料理は出ないし、めずらしい素材も使わない。けれど、ふっくらと炊きあげた白飯に、香りのいいみそ汁、ほどよく漬かった香の物、江戸っ子好みの甘じょっぱい味つけの煮物やぱりっと皮を焼きあげた焼き物、からりとした揚げ物のおかずが、日本橋界隈《かいわい》の男たちをひきつける。

ひそかな人気は、甘く煮たあずきや栗や杏《あんず》の甘露《かんろ》煮《に》などの小さな甘味だ。これはお高が九蔵から店を引き継いでから加えたもので、忙しく働く男たちに甘いものでひと息入れてもらいたいと考えたものだ。

そのほか、五と十のつく日の夜は店を開いて酒を出す。もっとも酒の肴《さかな》はごく簡単なものしかない。

「ああ、あら炊きかぁ。いいねぇ」

常連の男が声をあげた。

醤油《しょうゆ》とみりん、砂糖でこっくりと味を含ませたあら炊きは、ごぼうの付け合わせまで茶色い。けれど、魚好きならだれでも知っていることだが、白くてやわらかい身よりも、皮のすぐ下や骨のまわりについた身、目玉のまわりのとろとろとしたところがうまい。骨をしゃぶり、汁や付け合わせを平らげて腹八分目になったところで、ご飯のお代わりをもらう。うまみが溶けだした汁をざぶりとかけて仕上げるというのが、この店のお客の食べ方だ。

「今年一年、ありがとうな。新年もよろしくな」

そんなことを言いながら、あわただしく出ていき、また新しいお客がやって来る。

「正月はいつからだい」

「元日は休むけど、二日からはじめるよ。雑煮《ぞうに》を出すから」

お近が釣りを渡しながら答えた。二日は初売りがあるので、人が出る。

「ありがたいねぇ。丸九の雑煮を食わなくちゃ、一年がはじまらねぇや」

その声を厨房でありがたくお高は聞いた。

正月といっても休むのは元日だけ。ゆっくりする間もないけれど、それはお互いさまだ。

地方から出て来ている者が多い江戸では、独りで暮らす男はめずらしくない。雑煮どころか、飯を炊いたこともないという者も少なからずいて、どこも店が開いていない正月は文字通り寝て過ごす。二日に店を開けると、すきっ腹を抱えてやって来てうれしそうに雑煮をかき込む。その様子を見ると、お高も疲れが吹き飛ぶ気がする。

丸九はお高の父の九蔵がはじめた店だ。

九蔵は両国《りょうごく》の英《はなぶさ》という料亭で板長をしていた男で、英は贅沢な料理で知られた名店だ。飛脚《ひきやく》で取り寄せた走りのかつおや青いみかんが膳に並び、夜ごと粋人《すいじん》たちが宴《うたげ》を開く。顧客には大名、旗本も名を連ねる。英のお客となることが、誇りとなると言われたものだ。

そんな英を辞め、十五年前に丸九を開いた。ひとつには病に臥《ふ》せった女房のおふじのそばにいてやりたかったからであり、もうひとつは働く男たちのためにうまい飯を食べさせたかったからだ。

おふじに続いて九蔵が病に倒れ、娘のお高が店を引き継いだのは八年前、お高が二十一のときだ。変わらず店は流行《はや》り、お高は九蔵が心配した通り、嫁にいくこともなく毎日忙しく日々を過ごしている。

早じまいした丸九では大掃除をすませ、三人で年越しそばを食べた。

そばは屋台のものだが、焼き餅《もち》がのっている。これは、お近が前々日、俵物《たわらもの》問屋の長谷《はせ》勝《かつ》の大掃除を手伝いに行ってもらってきたものだ。

「ほんと、すごいんだよ。長谷勝の大掃除はお祭りだね。掃除が終わると、蔵男《くらおとこ》たちがおかみさんや大番頭さんをおみこしみたいに担《かつ》いで、わっしょい、わっしょいって言いながら、お屋敷のまわりを練り歩くんだ。それから酒が出て、餅が撒《ま》かれる」

その数はもうびっくりするくらいたくさんあって、みんな先を争うように餅をつかむ。懐《ふところ》やたもとに入れ、さらに両手に抱えて家に持ち帰る。

「だから、ゆうべもおっかさんとふたりで、お腹《なか》いっぱい餅を食べた」

長谷勝は煎海鼠《いりこ》や干しあわび、鱶鰭《ふかひれ》に昆布と高価なものをたくさん扱う俵物問屋だ。なぜか代々、亭主が早死にで、大おかみのお寅《とら》が店を守っている。お寅は六十を過ぎ、髪は真っ白で体はやせて小さくなったが、いまだに男たちを大声で怒鳴り、厳しい舌鋒《ぜっぽう》でやりこめる。

しかし、そういうお寅だからこそ、ここぞというときには大盤ぶるまいをする。

毎年暮れに店や屋敷、いくつもある蔵の大掃除をするのだが、そのときは近所の者たちが手伝うのが決まりだ。すすを払ったり、隅にたまったごみをかきだし、拭《ふ》き掃除や掃き掃除をする。楽しみはそのあとで、酒がふるまわれ、餅が撒かれ、旅芸人が曲芸を披露する。にぎやかに騒ぎ、一本締めでしめくくる。お近は丸九の仕事が終わってから行ったのだから、掃除などほとんどしていないはずだが、ちゃっかり、みんなに混じって餅をもらってきたらしい。

「ふふ」

お近が思い出し笑いをした。

「なんだよ。気味が悪いねぇ」

お栄が横目でにらんだ。

「曲芸の若い男がね、かっこよかったんだよ。すらっと背が高くて細くて、目がすっとしてさ。いい男なんだよ。そいつがとんぼをきるんだ。くるんと後ろ宙返りをする」

「まぁ」

お高の頭の中で若者が軽々と跳ぶ。

「ああ、そりゃぁ、めでたいねぇ」

お栄が少しもめでたくない様子で言う。

「そうだよね。最初は地面に手をつくんだ。後になると、手も使わない。走って来て、くるんと跳ぶんだ。ほんとに宙を飛ぶんだよ。とんびみたいだよ」

お近は目を輝かせ、その若者がどんなにすばらしい技を持っているかを語った。

「また、会えるといいわねぇ。私もそのとんぼ返り見たいわ」

お高の言葉に、お近はうれしそうにうなずいた。

そのとき、裏の戸がたたかれた。お高が戸を開けると、作太郎《さくたろう》がいた。作太郎は双鷗画《そうおうが》塾《じゅく》に籍を置く絵描きで焼き物もする男だ。日に焼けた浅黒い肌の黒い瞳が困ったようにまたたいた。

「申し訳ないが、料理をつくってもらえないだろうか」

「双鷗先生のお食事ですか」

お高はたずねた。画塾の飯がおいしくないという双鷗のために、何度かつくっている。

「いや……、じつは英のほうなんですよ。さきほど使いが来たんだけれど、注文を受けていたおせちで不都合があった。三段重のうちの、煮しめの重の中身がそっくりないというんだ。急な話で申し訳ないが、頼まれてくれないか」

あわてた様子で言った。

英は作太郎の実家である。

「でも、それなら英の板前さんがいらっしゃるでしょうに」

お高はたずねた。

「それが……、板長は今年限りで退いてもらった。正確にいえば、よその店に引き抜かれたというところらしい。ともかく、板長もその下の板前たちも姿が見えない。知り合いの店に声をかけたが手配がつかない。なんとか助けてもらえないだろうか」

懇願された。

「だって、うちは一膳めし屋で、英さんとは格が違いますよ」

お高は渋った。英には作太郎の許嫁《いいなずけ》のおりょうがいて、おかみとして店を守っているではないか。作太郎に頼まれたとはいえ、自分がでしゃばることになる。

「そんなことを言わないでください。野菜はあるんですよ。かつお節も、昆布も。英は九蔵さん仕込みの煮しめなんだ。お客もそれを待っている。よその板前には頼めないんですよ。お高さんなら、あの味が出せる。お客というのは、ご存じでしょう。多満留屋《たまるや》さんなんです」

「ああ、多満留屋さん。そうですか。あのご隠居さんならよく知っていますよ。丸九にも、何度もいらしたことがあるから」

お栄が話に加わった。

多満留屋は両国の老舗《しにせ》の箸屋である。隠居の治兵衛《じへえ》は、さぞかしおいしいものを食べてきたに違いないと思わせる、頰にやわらかな、たぷたぷとした肉を蓄えた老人だ。

隠居は九蔵の料理が好きだった。九蔵が英を去ったのを惜しみ、丸九にも何度か足を運んでくれている。いわしの梅干煮に目を細め、「子供のころからいわしはたくさん食べてきたけど、不思議だねぇ。九蔵さんの手にかかると、まったく違うものになっている」などと言った。

「それなら、なおさら難しいじゃないですか」

お高は尻込《しりご》みした。

「大丈夫ですよ。お高さんならできますよ。こんなときなんです。手を貸して差し上げましょうよ。ね、そうしましょう。作太郎さんの顔を立てなくっちゃ」

お栄がお高の背中を押した。

「お願いします。本当に困っているんです」

作太郎が頭を下げた。そこまで言われては、お高も腰を上げざるをえない。

「分かりました。できる限りのことをいたします」

お高は答えた。

急いで出かける支度をしていると、お近が困ったような顔で立っていた。

「えっとぉ」

お近は目を患った母親とふたり暮らしだ。母親はお近の帰りを待っているに違いない。

「あなたはいいから。家に戻って、お母さんとお正月を迎えなさい」

お高に言われて、お近はようやく安心した様子になった。


作太郎とともに、お高とお栄は英に向かった。

英は大名屋敷に囲まれた静かな場所にある。板塀《いたべい》の入り口に英と書いた小さな額がある。知らなければ通り過ぎてしまうような、ひっそりとした佇《たたず》まいである。

塀に沿ってぐるりと歩いて裏口に回る。

作太郎が声をかけると、古株らしい女中が顔を出した。

「まぁ、作太郎さま。急に無理を申し上げてすみません」

膝《ひざ》を折って挨拶《あいさつ》をした。

「えっと、こちらさまは……」

後ろにいるお高とお栄を見て、不思議そうな顔になる。

「日本橋の丸九のお高さんとお栄さんだ。こちらは女中頭《がしら》のお米《よね》。お高さんは板長だった九蔵さんのお嬢さんだ。英の味は心得ている」

お米が奥に走り、すぐにおりょうが姿を現した。豊かな黒髪とふっくらとした美しい顔立ちのおりょうは、お高を見て一瞬驚いた様子を見せたが、すぐに表情を変えた。

「大晦日のお忙しいときに、ご無理を申します」

ていねいに頭を下げた。

「急なことだから、お高さんにお願いした。九蔵さんの煮しめの味を引き継いでいるのは、この人なんだ。多満留屋のご隠居なら喜んでくれるはずだ。申し訳ないが、あとはよろしく頼む」

作太郎はそう言いおいて、帰る様子を見せた。

「お帰りですか」

お高は思わず、すがるような声を出した。中途半端に放り出されて、どうすればいいのだ。

「いや、すまない。双鷗先生の頼まれごとがあって少しはずす。終わり次第すぐに戻って来るから」

作太郎は足早に去っていった。

「相変わらずですね、作太郎さんは」

おりょうが小さくつぶやいた。


広い厨房は人気《ひとけ》がなく、がらんとしていた。一方の棚には鍋やざるなどが整然と並び、もう一方の棚には膳や皿小鉢《さらこばち》が積み重なっている。

「だいたいのことは、作太郎さんからお聞き及びかと思いますが、用意したはずの煮しめがそっくりなくなっているのです」

おりょうが言った。

英では二十九日が仕事納めで、三十日が大掃除。新年は四日からなので、奉公人たちは休みをとった。多満留屋の隠居は昔からのお得意なので、毎年おせちを用意している。おせちは板長と二番の者に任せていた。

「今朝、出来上がりましたものを見て棚にしまいました。日暮れ前にはお届けするお約束でございました。本来なら板長を呼んで作り直させるべきなのでしょうが、板長は今年いっぱいで辞めてもらうことにしましたので……」

すでに店を去ったということだ。

おりょうは棚から蒔絵《まきえ》をほどこした豪華な重箱を取り出した。

「こちらが、そのおせちです」

一の重は黒豆、田作り、数の子の祝い肴にかまぼこ、栗きんとんとだて巻き。二の重は紅白なますに昆布《こぶ》巻き、焼きわかさぎの奉書《ほうしょ》巻き、にこごりがはいっている。

お高はその美しさに息をのんだ。

柚子釜《ゆずがま》に入った黒豆は濡《ぬ》れたようにつやつやと光っているし、昆布巻きの昆布は黒々として厚く、しかもふっくらとやわらかそうだ。かまぼこもだて巻きも、高さがきちんとそろい、ものさしをあてたかのように、整然と並んでいる。

これが板前の仕事だ。さすが英である。

「でも、三の重は、ほら……」

「あれ、空っぽじゃぁないですか」

お栄が声をあげた。

三の重には何も入っていない。

「今朝、私が見たときはたしかに入っていたんです」

おりょうは眉根《まゆね》をよせた。黒い瞳の切れ長の目が陰った。

きちんと重箱に詰めて、届けるだけになっていた品物だ。間違ったということはないだろう。とすれば、何者かが故意に持ち去ったということになる。目的は英に恥をかかせる、あるいは、おりょうを困らせるためか。

「まぁ、ともかく、今は、急いで取りかからないとね」

お栄の言葉でお高は気を取り直した。煮しめをつくるのがお高たちの仕事だ。詮索《せんさく》ではない。

「父に教わったのは、れんこんやしいたけ、にんじん、里芋《さといも》、油揚げ、こんにゃくなどを軽く炒《いた》めてから、ひとつ鍋で煮ていくというやり方ですけれども、それでよろしいですか」

お高はたずねた。

料理屋では、野菜をそれぞれ別に煮て、重箱に並べるというやり方が多い。れんこんは真っ白に、にんじんは紅色に仕上げるから、彩りよく見た目が美しい。そこへいくと九蔵の煮しめは色も茶色く、里芋などは煮くずれて角が丸くなっていたりする。けれど、醤油とみりん、だしの味が中までしみた煮しめは、おふくろの味のように穏やかで滋味があると、喜ばれた。

「はい。多満留屋のご隠居は、それが好きだとおっしゃっています」

おりょうが答えた。

「そうですか。それをうかがって、安心をいたしました」

お高は少しほっとして答えた。

「では、ここはお任せしてよろしいでしょうか。私も所用がございまして」

おりょうは一礼すると早足で厨房を出ていった。

さきほどから裏口で訪《おとな》う声がしていた。おそらくまだ、勘定がしまっていないのだろう。

丸九の勘定はまことにあっさりとしたもので、お客からはその場でもらい、米屋や魚屋には月締めで支払ってしまっている。だが、英ともなれば金額も大きいし、半年、一年とまとめてのつけ払いもあるだろう。その金を受け取って、それぞれの掛かりの払いにあてるのである。大福帳がしまるのは大晦日の夜、正月明けまでかかるのかもしれない。

足音が遠くに去ると、お高とお栄は顔を見合わせた。

広くて、慣れない厨房にふたりである。

「さあて、とりあえず、かまどに火でもつけましょうかね」

お栄が言い、お高は風呂敷《ふろしき》包みをほどき、さらし布の上に包丁を並べた。

厨房の隅に野菜を入れたかごがある。見ると、れんこんやごぼうなど、ひと通り材料がそろっていた。中に小さなたけのこが混じっていた。

こんな冬のさなか、いったい、どこでたけのこが採れるのだろう。お高はひそかに舌を巻く。

紙包みを開くと、金色の丸い果実がこぼれ落ちた。

「あら、金柑《きんかん》」

お高は声をあげた。

「おや、懐かしいですねぇ」

お栄も笑みを浮かべる。

九蔵が生きていたころ、正月料理にはかならず金柑の甘煮がついた。母のおふじの咳封《せきふう》じのためだったのかもしれないが、甘酸っぱい金柑はよい箸休めとなる。

「金柑の甘煮もつくろうかしら」

そんなことをお高はつぶやきながら、井戸端に向かった。れんこんやごぼう、里芋を洗って泥を落とし、皮をむき、乱切りにする。こんにゃくは味がしみやすいように手綱《たづな》にした。料理屋では、れんこんは穴に沿って余分を切り取り、花の形にするのだが、九蔵のやり方はそのままだ。その代わり、にんじんは細くて紅色の鮮やかな金時《きんとき》にんじんを使い、梅の飾り切りにする。

かるく下ゆでし、ざるにあげる。

その間に、お栄が干ししいたけをぬるま湯でもどし、こんにゃくをさっとゆでてあくを抜き、油揚げは湯をかけて余分な油を落とす。

短い言葉を交わすだけで、必要な動きができる。

お高は平鍋を取り出して火にかけ、油を注《そそ》いだ。バチバチと小気味いい音をたて、香りが立つのを見届けて、ゆでた野菜と芋、こんにゃく、干ししいたけ、油揚げを鍋に入れて炒めた。

ざっと大きく混ぜてざるに取り出し、湯をかけて油抜きをする。この後、醬油や砂糖とみりんで味をつけただし汁を注いで強火で煮るのである。

これが九蔵のやり方で、以前、多満留屋のご隠居も食べているはずだ。それを知っているから、作太郎はお高を呼んだのだろう。

そのとき、裏口の方で男たちの声がした。足音が近づいて来て、五人の男たちが入って来た。

藍色《あいいろ》の着物で各々風呂敷包みを抱えている。お高たちの姿を見て、おやという顔をした。お高も同様である。男たちはどう見ても板前である。抱えている風呂敷包みの中には、さらし布に巻いた包丁が入っているのではあるまいか。

「いや、お世話になります。煮しめをつくれという猪根《いね》様のご依頼でまいりました菊水庵《きくすいあん》でございます」

脇にいた小柄な男が軽く頭を下げた。中央にいる大きな男は、動かない。半眼でお高をじろりと見た。

猪根は深川《ふかがわ》の漆器店に嫁いでいる作太郎の姉で、菊水庵は同じく深川にある料理屋である。おそらく、煮しめが消えたことを聞いた猪根が菊水庵を頼ったのであろう。

「板長、どうやら、下ごしらえをしていただいたようですよ」

さきほどの小柄な男が声をあげた。板長と呼ばれたのは、中央の大柄な男である。

「やあ、ありがたい。野菜を切っていただけましたか」

ほかの男たちもてんでに厨房に入って来て、お高たちの切った野菜を手に取った。

「板長、れんこんは飾り切りにしますよね」

ひとりが輪切りにしたれんこんを手にしてたずねる。

「なんだ……、下ゆでしちまったのかぁ」

別の若い男は舌打ちする。

「なんで鍋が出ているんだ。野菜を炒めるのか？」

少し年かさの男が首を傾《かし》げた。

「はは、まいりましたなぁ。ごった煮をするつもりですか」

「女中さん。お惣菜《そうざい》をつくっていただくわけじゃないんですよ。こんな煮物を英の名前で出すわけにはいかんでしょうが」

板長が大声をあげて笑うと、ほかの者たちもいっしょになって笑いだした。口を大きく開けて笑ったように見えるが、板長の目は鋭く、お高をにらんでいる。

まな板の上にはよく手入れをされた、光る包丁がおかれている。板前なら、すぐさま持ち主は素人《しろうと》ではないと気づくはずだ。

気づいて、お高たちを素人扱いにしている。

大晦日のこの時刻である。板前たちは一年の仕事を終えて、家で休んでいるはずだ。それでもやって来たのは、猪根のたっての願いだからに違いない。

だが、来てみたら先客がいた。

しかも女ふたり。

老舗名店の誇りが傷つけられたのだろう。

お高は腹が立つより、申し訳ない気がした。

「ちょいと……」

言いかけたお栄を、お高は手で制した。

「お役に立てるかと思ったのですが、よけいなことをしてしまいました。申し訳ありません」

お高は頭を下げた。

板長の目が穏やかになった。

一瞬のやりとりに気づいているのか、いないのか。四人の男たちはてんでに風呂敷包みをほどき、たすきをかけて身支度をはじめている。

お高が厨房を出ていこうとしたとき、板長はお高が切った梅形のにんじんに目をとめた。

「なかなかきれいに切れておりますな。感心、感心。よい包丁をお持ちです。どこのご妻女かは存じませんが、お家《うち》でも、つねにこの程度になされるとよろしいかと思います」

お高がおとなしく譲ったことで機嫌を直したのか、板長の呼び方は女中から、ご妻女に出世していた。

廊下に出ると、おりょうとお米が困った顔で駆け寄ってきた。

「申し訳ありません。猪根様も知り合いの板長にお願いしたらしいのです。重なってしまって……、本当に……」

「とんでもないです。菊水庵の方とうかがいました。立派な板長さんがいらしてくださって、安心しました」

お高は答えた。

「そう言ってくださると、こちらもありがたいのですが……」

おりょうは何度も頭を下げる。後ろでお米も同じようにあやまっている。こんなにあやまられると、こちらが困ってしまう。

裏口を出ると、向こうから作太郎が急ぎ足でやって来るのが見えた。

「ああ、お高さん。遅くなってすみません。こちらの用事もやっと終わりました。それで、もう、出来上がったんですか？」

「いえ、そうではなくて」

お高は菊水庵から板長が来たことを手短に説明した。

「はあ？　それじゃぁ、姉が菊水庵に声をかけたのか……。いや、それではお高さんに申し訳がない。無理を言って来ていただいたのに」

作太郎は本当に申し訳なさそうな顔をする。

「いいんですよ。私がでしゃばっては、猪根さんのお顔が立たなくなります」

「だけどね、多満留屋さんは英の、いや九蔵さんの煮しめが食べたいんですよ。菊水庵がよければ、最初からあちらに頼む」

「よろしいじゃないですか。きっと喜んでいただけますから」

お高は笑って答えた。そのとき、作太郎に気づいたお米が駆け寄ってきた。

「まぁ、作太郎様。戻って来てくださったんですね。おりょう様がお待ちですよ」

手を引くようにして、店の中に誘う。

「とにかく、あれやこれやで手一杯なんですよ。そのうえ、この騒ぎでしょう。おりょう様がおひとりじゃ、心細い。猪根様からも言いつかっております」

お米はくどくどと作太郎に話しかける。おりょうも出て来て、作太郎に近づく。

「ああ、作太郎さん。丸九さんには本当に申し訳ないことをしてしまいました」

またひとしきり話が蒸し返され、おりょうとお米は何度もあやまった。

菊水庵の板前たちに言われたことは、いつの間にか頭から抜けていた。気になるのは作太郎の立場である。

そうか。作太郎は今でも、この店の中心にいるのか。

お高は改めて思った。

作太郎から英に戻るつもりはないと聞いた。焼き物に心をひかれたと、江戸にいるよりも各地の窯《かま》をたずね歩いていることのほうが多いはずだ。だから、英では影の薄い存在ではないかと考えていた。

しかし、違った。

作太郎はいまだに英の大切な人で、おりょうやお米に頼りにされている。いずれは戻って、英を背負っていく人。そんなふうに考えられているのではないだろうか。

もやもやする気持ちを抱えたまま歩きだした。

西の空は真っ赤に染まり、葉を落とした木々の影が地面に長く伸びている。冬の夕暮れは短いから、気がつくとお互いの顔が見えないほどの暗さになるだろう。風はいっそう冷たくなって、砂埃《すなぼこり》を舞い上げた。お高は襟巻に顔をうずめ、ひたすら前を向いて歩いた。

日本橋の明かりが遠くに見えてきたとき、ずっと黙っていたお栄が言った。

「くやしいですよね。くやしくないですか」

「そうねぇ……」

「あたしはくやしいですよ」

「そりゃぁ、くやしくないと言ったら嘘《うそ》になるけど、あそこで喧嘩《けんか》するわけにもいかないでしょ」

「そっちじゃないですよ」

お栄は強い調子になった。

「作太郎さんのほうですよ」

「ああ……」

やっぱりお栄も気にしていたのか。

「あたしはね、作太郎さんはもう英とは縁が切れた人だと思っていたんですよ。許嫁《いいなずけ》と言ったって形ばかり。そう言ってませんでした？　でも、あの様子じゃぁ、違いますよ。立派な若旦那ですよ。お正月は英で過ごすつもりじゃないですかねぇ」

「そうねぇ」

お高があえて考えないようにしていたことを、ずけずけと口にする。

「まぁ、でも、自分の家なわけだし……」

「お高さんがいいんなら、あたしは言うことはないんですけどね」

お栄はしばらく黙っていたが、また、顔を上げると言った。

「今日のことは、あのおりょうって人が、お高さんに恥をかかせようとして仕組んだんじゃないですかねぇ」

「おりょうさんが煮しめを隠したってこと？　まさかぁ、いくらなんでもそれは考えすぎよ。そんなことをする人じゃないわ。きっととってもあわてて、作太郎さんと猪根さんの両方に助けを求めたんでしょ」

だったら、だれが煮しめを隠したのだろうか。

ほかの奉公人たちは休みをとっていると言っていた。ならば、あそこにいたのは、作太郎と猪根、おりょうとお米、今年いっぱいで辞める板長とその下の板前に若い女中がふたりだけということになる。板長たちはきれいな辞め方だったのだろうか。

「だいたい、大晦日に菊水庵の板長が来るのだっておかしくないですか。ふつうだったら、風呂入って一杯やっている時分ですよ。まるで、最初から煮しめをつくるのを分かっていたように、頭数をそろえてやって来たじゃぁないですか」

「もう、やめ、やめ。そういうことを勘ぐるのは。とにかく、よかったじゃないの。多満留屋のご隠居のところには無事、お重が届けられるんでしょ」

「それはもちろんですよ。正月におせちが届かなかったら、それこそがっかり。英の面目も丸つぶれですよ」

「じゃぁ、めでたし、めでたし。そうだ、大晦日だから湯屋《ゆや》に行くんでしょ。ね、たまにはいっしょに行かない？　背中を流してあげる」

「結構でござんすよ。近くの湯屋に行かないと湯冷めしちまいますから。昼間、人のいない部屋は寒いんですよ」

お栄はそっけない。

お高だって同じようなものだ。いつもは人でにぎわっている店だが、今日はひとりだ。火の気のない二階の部屋は寒いことだろう。

ひとりで除夜の鐘を聞くのか。

そんなことはもう、慣れっこになっているはずなのに、なんだかひどく淋《さび》しい気持ちになった。

わずかに残っていた夕焼けも消えて、町はねっとりとした冬の闇《やみ》に沈んでいる。

「そうだわ。ねぇ、多満留屋さんに、なにか一品お届けしようかしら」

「へぇ」

「だって、英の煮しめが食べたかったんでしょ。あのご隠居はおとっつぁんの料理が好きなのよ。それなのに、違うものが届くのよ。きっとがっかりされるわ」

「まぁ、そうですねぇ。それなら……きんぴらごぼうがいいんじゃないですか」

「それじゃぁ、まるでお惣菜じゃないの」

「ご隠居はそういうのが食べたいんですよ。いつもごちそうばかりだから」

「そうねぇ」

言われてみれば、そんな気もする。

「じゃぁ、めでたいところでれんこんの胡桃《くるみ》みそ」

薄切りにしてさっとゆでたれんこんを、すりおろした胡桃とみそのころもで和えたものだ。れんこんは穴が開いていて先が見通せる縁起物だ。

「一品というのも淋しいから、里芋の煮ころがしも加えたらいいですよ。親芋、子芋、孫芋と増えていく縁起のいい食べ物ですから」

お栄ものってきた。

「それに、菊花《きっか》かぶの甘酢漬けを添えて三品」

「ああ、いいですね。調《ととの》いましたよ」

「手伝ってくれるでしょ」

袖《そで》を引いてみる。

「はいはい、分かりましたよ。最初からそのつもりだったんでしょ。いいですよ。どうせ、部屋に戻ってもやることなんかないんだから」

お栄は笑いだした。

店に戻り、三品をつくった。里芋は煮しめと同じつくり方にして、彩りに梅形にんじん、れんこんにはゆでた小松菜である。上等の器に入れて、朱漆《しゅうるし》の入れ物に収めたら気の利いた料理屋のもののようになった。

　お栄とふたりで多満留屋に持って行き、出て来た女中に、英にいた九蔵のゆかりの者だが、ご隠居にご挨拶代わりに料理をお持ちしたと伝えた。

　帰ろうとすると、しばらく待ってほしいと言う。やがて案内された座敷では、多満留屋の隠居が待っていた。

　隠居は相変わらず、頬にたぷたぷとやわらかそうな肉がついて、穏やかな表情をしていた。

「いや、九蔵さんゆかりの方と言われて、いったいだれだろうと思いましたが、そうか、九蔵さんには娘さんがいらした。たしか、料理人になられたとか」

「はい。父の跡を継いで日本橋で丸九という一膳めし屋を営《いとな》んでおります」

「昔、わしが丸九さんをたずねたとき、厨房に若い娘さんがいたけれど、それがあなたでしたか。そうか、そうか。よくご精進《しょうじん》なされた」

　隠居は何度もうなずいた。

「じつはね、さっき英からおせちが届いた。一の重、二の重はいつも通りなんだけど、三の重が全然違うんだ。わしが好きなのは、九蔵さんの煮しめだよ。れんこんとかごぼうとか、あれこれ一緒に入っているやつなんだよ。見かけはいいとは言えないけれど、味がしみて、うまいんだ。わしは、それが食べたかった。なんで、あんなのが届いたんだろうねぇ。また、板長が替わったのかい」

「どうしたんでしょうか」

菊水庵の板長がつくったからだとは言えないから、お高はとぼけた。

「あそこもねぇ、だんだんわしの知っている英から遠くなる。英っていうのはさ、世間じゃ気取った店みたいに言われているけど、なじみになると家にいるみたいに気楽にしていられるんだ。おかみも仲居さんもよく気がついて、料理も、こんなふうにぽんと惣菜みたいなのを出してくる。そこがよかったんだよ。ああ、九蔵さんの時代が懐かしいねぇ」

「そう言っていただけると、父も喜ぶと思います」

お高は礼を言った。後ろに控えているお栄も、昔のことを思い出しているらしい。

「わしはなんでも肩入れするほうだからね。ちょっと違う、前のほうがよかったなんていうと、悲しくなるんだ。だから、英もこのごろはあんまり行っていない。おせちも本当のところはどうしようかと思ったけど、まぁ、毎年のことだからね」

悲しくなるのは、お高も同じだった。

本当に大切にしなくてはならないのは、この隠居のような人なのである。

贔屓《ひいき》してくれるお客が離れ、店の勢いがなくなって、新しいお客も思うようにつかない。料理人や仲居たちも次々と辞めていく。

そんなふうにして消えていった店を何軒も知っている。

「九蔵さんが亡くなって娘さんが引き継ぐって聞いてさ、一度行ってみたいとは思っていたんだよ。だけど、がっかりするのも嫌だからね。わしは九蔵さんの思い出を大事にしたいからさ。あんたがこれほどの腕と知っていたら、もっと早くに行ったんだけどね」

「いえ、丸九は一膳めし屋ですから。英の料理とは違います」

「いやいや、今度、寄せてもらいますから。今日はありがとう」

隠居は笑みを浮かべてそう言った。

二

元旦、お高は久しぶりにゆっくりと起きた。

身支度を整え、若水《わかみず》を汲《く》みに裏庭に出ると、空は晴れて澄んだ青い色で、刷毛《はけ》ではいたような白い雲が浮かんでいた。

それは、作太郎の茶碗《ちゃわん》を思い出させた。

お高は厨房に行くと、棚の上の少し厚手の飯茶碗を手に取った。作太郎がお高に焼いてくれたものだ。

ひんやりとした冷たさと同時に、心地よい重さが伝わってきた。

淡い春と名づけられた飯茶碗は、白い土で薄青い釉《うわぐすり》がかかっている。ただきれいに形よくつくってあるのではなくて、芯《しん》のようなものが感じられた。けれど、同時にわずかな力で傷つく繊細さとはかなさがある。

この茶碗は作太郎そのものだと思う。

快活で明るく、なんでもよく知っている。いっしょにいると楽しい男だ。だが、内側には他人に見せない暗さがある。

作太郎はいくつもの顔を持っている。

双鷗画塾《そうおうがじゅく》にいるときは絵描きの顔をしている。英《はなぶさ》にいるときは、それなりに若旦那の役を果たしているのかもしれない。旅に出れば、また違う表情を見せる。

お高が知っているのは作太郎のほんの一部でしかない。

そのことが、お高を不安にさせた。

結局、いつかは英に戻る人なのだろう。だから深入りせずに、適当に、楽しく、作太郎という男の上澄みだけを愛《め》でればいいのではないか。

お高はため息をついた。

そんなことができれば、苦労はない。

作太郎が流れる水のようにやわらかく曲線を描く草書《そうしょ》なら、お高はかちりとした楷書《かいしょ》の女だ。黒々とした墨で一字一字ていねいに、線はまっすぐ、とめるところはとめ、はねるところははねて書きたい。

作太郎とお高は水と油。だからお互い、自分にないものを見つけて楽しいのだ。

お高はもう一度、茶碗をながめた。

「いつか、英に戻る人」

言葉に出して言ってみた。

残されるのは、この茶碗だけか。

心の中を風が吹き抜けたような気がした。


神棚と仏壇に挨拶をすませ、食事の用意にかかる。

おせちというほどのものではないが、黒豆とごまめ、数の子の祝い肴《ざかな》は用意してある。

二日に店を開けたとき、雑煮とともに客に出すつもりだ。

かまどに火を入れて湯を沸かす。

丸九の雑煮はかつおだしのすまし汁に亀戸《かめいど》大根と小松菜、かまぼこと焼き餅が入る。

霜柱《しもばしら》が立つ寒さだが、冬囲いをして育てると小松菜がやわらかな芽を出すという。亀戸大根も手の平にのるような早採りである。輪切りにすると椀《わん》に入れるのにちょうどいい大きさになる。正月の雑煮は角を立てないのが決まりで、大根の切り口が丸いのは家庭円満の印ということになる。

湯が沸いて、厨房はようやく人心地のする暖かさになった。いつもは大鍋でとるだしも、この日は小鍋でひとり分だ。

そのとき、裏の戸がたたかれた。

だれかと思ったら、お栄である。

「いえね、部屋でひとりで食べるのもわびしくてさ。お高さんといっしょに祝わせてもらおうかと思って」

手には、卵焼きと酒を持っている。

「あら、ちょうどいいわ。今、私も雑煮にしようかと思っていたの」

お高はお栄を招じ入れた。

お栄とは昨日、多満留屋を出たところで別れた。毎日顔を突き合わせていて、それがふつうになっているから、こんなふうにたまさか会えない時間があると、お互いどこか物足りない気がするのである。

だしをとり、野菜を切り、餅を焼く。お高とお栄はいつものように手際《てぎわ》よく仕上げていく。

「そうだわ。多満留屋さんに持っていった煮物の残りがあるのよ」

厨房の台の上には、祝い肴と雑煮と煮物が並んだ。

「お正月なのに、ここでよかったかしら。せめて店の小上がりに移る?」

お高が首を傾げた。

「あたしたちらしくていいじゃないですか。じゃぁ、お屠蘇《とそ》代わりにまず一杯」

お栄が酒をすすめる。ひと口飲むと、体がほっと温かくなった。

「いい一年になりますように」

挨拶を交わして雑煮椀を手に取る。ふんわりとかつおだしの香りが鼻をくすぐる。みずみずしい緑の小松菜、白い亀戸大根、こんがりと焼き目をつけた餅と紅で化粧したかまぼこがすまし汁の中で重なり合っている。

英で働いていたころ、父の九蔵は家ではいっさい料理をしなかった。だから、お高が子供のころは母が雑煮をつくっていた。母が病に臥して九蔵が雑煮をつくるようになると、同じものとは思えないほど味が変わった。

それが料理人の腕というものだと知った。

父の味に近づけただろうか。

「大丈夫ですよ。旦那さんはおいしいって言ってくれますよ。いいじゃないですか。お高さんの店なんだ。お高さんの味で」

お高の心を読んだようにお栄が言った。

「そうね。おとっつぁんの味にはならないわよね」

人それぞれ顔が違うように、料理人によって異なる味になる。どんなに似せようと思ってもまったく同じものはできないのだ。

「煮物もいってみましょうかね」

お栄は煮物に手を伸ばす。出来たてもよかったけれど、今は味がなじんでさらにおいしい。

「ああ、いいですよ。お高さんも三十ですよ。しっかりしてください」

「そう？　大丈夫？」

「なにを頼りないことを言っているんですか。お高さんも三十ですよ。しっかりしてください」

言われて気がついた。年が明けたということは、ひとつ年をとることだ。

「ああ、忘れていた。三十路《みそじ》なのね。もう嫌になっちゃう」

「嫌になることなんかないですよ。まだまだ、これからが楽しいんです」

「お栄さんはいくつになったの？」

「四十九。五十の坂の手前ですね」

「お栄さんも、まだまだこれからね。ひと花咲かせましょうよ」

「なにを言っているんですか。あたしは今のままで十分です」

雑煮を食べる箸を止めて、お栄がふとまじめな顔になった。

「おっと、忘れるところだった。じつはね、あの後、英の板前だったという人に会ったんですよ」

多満留屋でお高と別れた後、お栄は近所の神社の前を通った。参拝した者には甘酒がふるまわれるので列が出来ている。お栄もつられるように並んだ。

――いやぁ、お栄さん。甘酒ですか？

声をかけてきたのは、糸問屋、山善《やまぜん》の主の時蔵《ときぞう》だった。七年前に女房を亡くした独り者で、お栄とはたまに飯を食う間柄《あいだがら》である。

――ああ、そうなんだよ。たまたま前を通りかかったら、いい匂《にお》いがしてさ。

――甘酒もいいけど、熱燗《あつかん》はどうですか。まだ、開いている店はありますよ。

誘われて居酒屋に行った。

そこで、昼間、頼まれたおせちの煮しめがなくなって騒ぎになった話をした。もちろん店の名は出さなかった。ただ、両国の大きな店で、跡継ぎになるはずの男は絵描きのようなことをして、許嫁《いいなずけ》が店を守っているというぐらいのことはしゃべった。

――申し訳ねぇ。もしかしたら、その料理屋っていうのは、英という店じゃないですか。

小さな屛風《びょうぶ》をへだてた隣の男が突然、話しかけてきた。

――え、あ、いや、そうだねぇ。

お栄は困って言葉を濁《にご》した。

――あっしは、その辞めた板前ですよ。ちゃんと煮しめはつくった。重箱に詰めておかみさんにも見せた。当たり前じゃねぇですか。まさか、煮しめがなくなったのはあっしのせいだなんて言ってねぇでしょうね。

男はお栄をにらむように見ている。

――だれもそんなことは言ってなかったよ。ただ、時間が迫っているんで、なんとかしなくちゃって、みんなが右往左往していた。

お栄は答えた。

――あそこのご隠居は食べることが好きなんだ。あっしだって板前だ。うまいものを食べてもらいたいんだよ。それなりの仕事をしたつもりだった。なんだよ。聞かなきゃよかった。がっかりだ。

男は投げるように金を払うと出ていった。

「それを聞いて、こっちもいやあな気持ちになっちまってさ。時蔵さんとは、また来年って挨拶して、早々に店を出た」

「妙な話ね」

煮しめがのどに詰まったような気持ちで、お高は言った。

「あの店はやっぱり、なんかありますよ。近づかないほうがいい」

ちろりとお高の顔を見る。あの店とは、つまり作太郎ということだ。

そのとき、裏の戸が開いて、お近が姿を現した。

「なんかさぁ、暇で調子狂っちゃうよ」

つまらなそうな顔をしている。

「お母さんは」

「疲れて寝てる。晴れ着の仕立てで大晦日も除夜の鐘が鳴るころまで針を持っていた。あたしが届けて、帰ってお高さんにもらった黒豆や数の子といっしょに、ふたりで夜鳴きそばを食べた。それで安心したんだろ。もう、ぐっすりだ」

「そうかい。大変だったんだねぇ。寝かせておやり」

お栄がやさしい声を出した。

「お腹は？　お雑煮食べる？」

お高がたずねると、うれしそうにうなずいた。その目が煮物に吸い寄せられる。

「煮物も、あるわよ」

お近は自分で皿を取って座ると、雑煮を待たずに煮物を口に運んだ。

「おいしいね。わぁ、れんこんにごぼう、こんにゃくも入っているんだ」

「『ん』のつくものを食べると、幸せが来るんだよ。ごぼうはごんぼうとも呼ぶだろ」

お栄が言う。

「へぇ、そうなんだ。それで、正月に食べるんだね」

「それは、冬至《とうじ》の話でしょ。お近ちゃんに間違ったことを教えたらだめよ」

お高がたしなめると、お栄がにやりと笑った。

「でもね、お近。れんこんもごんぼうもこんにゃくも、歯ごたえがあるからよく嚙《か》むだろ。そういうものは体にいいんだ。これは間違ってないよ」

お栄は説明した。

「これで、煮しめは二度目だ。今年の正月はツイてるね」

お近が屈託《くったく》のない様子で言った。

「どっかからのお裾《すそ》分《わ》けかい」

お栄がたずねた。

「うん。今朝、隣の家の娘《こ》が持ってきてくれた。ダチからもらったんだってさ。味もすごくよく似てる。にんじんの切り方なんか、そっくりだ」

梅形に切ったにんじんを口に入れた。

お高とお栄は顔を見合わせた。丸九の梅形は独特の形をしている。それは九蔵の包丁さばきを継いだもので、英の梅形も同じである。

「その娘さんは、どこの店で働いているの？」

「両国の角屋《かどや》っていう料理屋だよ。ふだんはそこの住み込みだけど、正月だから戻って来たんだ」

「その、なんだ、煮しめはまだあるのかい？」

お栄がたずねる。

「もう、食べちゃったよ」

「その娘さんから、少し話が聞けるかしら」

お高が重ねて聞く。

「え、あ、まぁ、大丈夫だと思うけど、なんで？」

お近はわけが分からないというように、お高とお栄の顔をながめた。

「まぁ、詳しいことは道々話すからさ」

お栄が立ち上がった。


お近が住むのは六畳一間の棟割《むねわ》り長屋だ。薄い壁をはさんだ隣に住むのが指物師《さしものし》の一家で、煮しめをもらってきたのは、ふだんは家にいない娘のお麻《あさ》である。

「こんちは。お麻ちゃんいる？」

お近が声をかけると、戸が開いてお近と同じぐらいの年の、顔に黒子《ほくろ》のあるやせた娘が出て来た。

「さっきは煮しめありがとう。おいしかったよ。そのことでさ、あたしが働いている店の人が聞きたいことがあるんだって。ちょっといいかな」

「べつにいいけど……。でも、あの煮しめ、食べちゃったからもうないよ」

お麻は少し不安そうな顔で答えた。

「はじめまして。日本橋で丸九という一膳めし屋をしている高です。こちらは、いっしょに働いているお栄さん。おいしい煮しめだったんですってね。それは角屋さんでつくったものなの？」

「ちがうよ。もらったんだ。ダチから」

「その人は、どこからか、その煮しめを買ったの？　それとも、もらったの？」

お高が畳みかけるようにたずねる。お麻の頰が赤くなった。

「知らないよ。くれるって言ったから、もらったんだよ。それでいいだろ。なんで、そんなこと聞くんだよ。あんたに関係ないじゃないか」

強い口調になり、お近に向き直った。

「ちょっと、この人たち何なんだよ。なんか、疑っているわけ？　せっかくあたしが親切に持って行ってやったのにひどいじゃないか」

「あ、ごめんね。そういうわけじゃないんだよ」

お近は困って、お高とお栄の顔をちらちらとながめながら、小声でお麻に伝えた。

「別にあんたのことを疑っているわけじゃないよ。両国に英って店があるんだけど、知ってる？　あそこで昨日、用意していた煮しめがそっくり消えちまったんだってさ。それが、あんたがくれた煮しめと似てるんだって。だから、出どころを聞きたいんだよ」

「ふうん」

お麻は下駄《げた》の先で足元の小石を蹴《け》った。

「あの煮しめはさ、豆腐《とうふ》屋のダチからもらったんだ。桶《おけ》に入って店の外にあったんだってさ。そいであたしにも、分けてくれた」

「その店の名前、分かる？」

お高がたずねると、お麻は首を横にふった。

「あたしは聞いてないけど、ダチに聞けばわかるよ」

「あんたのダチは、どこにいるんだい？」

お栄がたずねた。

「両国の川上屋《かわかみや》。言っとくけど、そいつ、頭はあんまりよくないけど、人のものを盗《と》ったりするやつじゃないから」

「分かってるよ。あんたも、あんたの友達も正直もんだ」

お栄の言葉に、お麻はほっとしたように白い歯を見せた。

川上屋は掘割沿いにある家族でやっているらしい小さな店だった。店の奥で若い男が掃除をしていた。

「悪いね。今日は休みだ。明日の朝には店を開けるよ」

「そうじゃなくてね。お麻さんにあげた煮しめのこと、教えてもらえるかしら」

お高がたずねた。

「煮しめ？　なんのことだ」

濡れた手をふきながら若者が出て来た。少し前歯が出ているが、愛嬌《あいきょう》のある顔をしている。

「昨日、どこかのお店で煮しめをもらって、それをお麻さんにあげたでしょ」

「ああ、あれか。勘定を取りに行ったら、外においてあったうちの桶の中に入ってたんだ。もらっていいのか聞こうと思ったけど、店の人は忙しそうだったからそのままもらってきた」

「どこの店？」

「英だよ」

屈託のない様子で答える。お高の口から思わず、ため息がもれた。

帰り道、見上げる空は青空が消えて雲に覆われていた。

「気持ちの悪い話を聞いちゃったわね」

お高は言った。

「まったく、正月早々、嫌な気持ちになりましたよ。食べ物屋はね、正直でなくちゃなんないんです。昔、旦那さんにそう教わりました。外の桶にほっておくなんて、もってのほかですよ」

野菜も魚も天からいただいた命だから、粗末に扱ってはいけない。心を配って調理をする。最後までおいしく食べる、食べてもらう。

九蔵が常々口にしていたことだ。

「あたしは金輪際《こんりんざい》、あの店には行きたくないですね」

「そうねぇ」

英でいったい何が起こっているのだろう。お高は考えながら歩いていた。

三

正月二日。店を開けると、待っていたお客たちが次々と入って来た。

「おめでとうございます。今年もよろしくお願いします」

お近が元気な声で挨拶しながら席に案内する。

この日は大ぶりのお椀にたっぷりの雑煮。黒豆、数の子、ごまめの祝い肴《ざかな》を添える。甘味は金柑の甘煮である。

「うれしいねぇ。やっと正月が来たよ。昨日から、なんにも食ってねぇんだよ」

若い男がそう言いながら入って来た。長屋住まいでも火鉢ならあるだろうから、餅ぐらい焼けばいいと思うのだが、それすら面倒らしい。

昼近くになると、惣衛門《そうえもん》、お蔦《つた》、徳兵衛《とくべえ》の三人もうちそろってやって来た。

「おめでとうございます」

お高が挨拶に出る。顔を見た途端、徳兵衛が言う。

「あ、お高ちゃん、雑煮は半分でいいからね。家で食べたから」

「やっぱり、こうやって、丸九に来て、お高さんの顔を見ないと、年が明けた気がしないんですよ」

惣衛門がうなずく。そう言ってくれる気持ちがうれしい。

「あたしは、ひとりもんだからおせちなんかつくらないよ。ここでお雑煮を食べてお正月だ」

お蔦が笑う。

お近が雑煮をのせた膳を運んできた。

「いいねぇ、これは昆布だしですか。よろこんぶ、なんてね」

徳兵衛いつもの駄洒落《だじゃれ》である。

お近に「うちはかつおだしですよ」と言われて頭をかいた。

「はは、いいよ、いいよ。徳兵衛さんのなぞかけを聞かないと正月が来た気がしない」

店の端からそんな声がかかると、もう徳兵衛はうれしくてとろけそうな顔になる。

「じゃぁ、さっそくいきますよ。お正月とかけて、初孫とときます」

「ほう、お正月とかけて初孫とときます。その心は……」

惣衛門が合いの手を入れる。

「その心は……、どちらもめでたい。愛《め》でたい」

「いやぁ、きれいに決まったねぇ」

声があがり、店に明るい笑いが満ちた。

また、新しいお客が入って来たと思ったら、多満留屋の隠居だった。空いていた惣衛門たちの隣の席につく。

「先日はありがとう。話を聞いてね、さっそく来てしまいましたよ」

膳を運んできたお高に挨拶をした。

「おとっつぁんが英《はなぶさ》にいたころからのお客様なんですよ」

お高が三人に隠居を紹介すると、惣衛門がうなずいた。

「それじゃぁ、さぞかしおいしいものをご存じでしょう」

「九蔵さんと比べられちゃぁ、お高ちゃんもまだまだですけどね、一所懸命やっていますから、どうぞご贔屓《ひいき》に」

徳兵衛が頭を下げる。

「あたしたちも、いつもこちらで楽しく過ごさせてもらっているんですよ」

お蔦が会釈《えしやく》を交わす。

「はは、さすがだね。いいご贔屓筋がついている」

隠居はにこにこと笑った。黒豆に箸をすすめて言った。

「ああ、いい具合に煮てある。わしはね、このちょっとしわのよった、歯ごたえのある黒豆が好きなんだ。このごろの料理屋は妙にねっとりと、やわらかい。あれが気に入らない」

「いやぁ、わかっていらっしゃる。あたしもそうですよ。黒豆っていうのは、豆と同じく、人もしわがよるまで元気に丈夫でって意味でしょう。しわがなくて、ぷくんと大きくふくらんでいたら意味がないんですよ」

惣衛門が膝をたたく。

「上方《かみがた》ではね、壁に投げるとぺたりと貼りつくぐらい、やわらかくなくちゃだめだって言うそうですよ」

お蔦が笑いながら伝える。

「ああ、だめだめ。江戸っ子はそういうのは好きじゃねぇんだ」

徳兵衛も言いだして、四人は江戸料理の談義をはじめた。

お高が雑煮を持って行くと、隠居は香りをかいで目を細めた。

「具もね、こんなもんでいいんですよ。かまぼこに、大根、小松菜なんかの野菜が入ってね、それで十分。えびに蛤《はまぐり》、白身魚とたくさんのせればいいってもんじゃない。だいたい、そういうところは、だしがお粗末だ」

隠居が言って、「ほう、手厳しい」と惣衛門が低く笑う。丸九のお客は仲買人《なかがいにん》など市場で働く者が多い。にわか仕込みの知ったかぶりは馬鹿にするが、隠居のように長年、うまいものを食べてきた者の言葉には耳を傾ける。

「いやいや、つい偉そうなことを言ってしまいました。もうね、時代が変わってしまったんですよ。だから、昔のような商いはできない。十年、二十年、もっと前ですかねぇ、九蔵さんが英にいらしたころは江戸に熱があった。商売人は元気がよくてね、料理でもなんでも、本当の贅沢ができた……」

「そうでしたねぇ。今は世知辛《せちがら》くなりましたねぇ」

惣衛門がしみじみとした言い方をした。

「でも、なまじよい時代を知っているから、同じことがしたくなる。できるんじゃないかと思う」

「人はつい、よかった時代の夢を見ますからねぇ」

「なに正月から暗いことを言っているんだよ。このれんこんみたいにね、明るく先を見てね……。あれ、れんこんがねえじゃねぇか。お高ちゃん、雑煮にれんこんを入れなくちゃだめだよ」

徳兵衛がおどけてみんなが笑った。

そのとき、表から笛と太鼓の音が響いてきた。

「あ、門付《かどづけ》だよ」

お近が叫んで戸を開けると、路地に門付が来ていた。

「あけましておめでとうございます。みなさまの本年のお幸せをお祈りいたします」

大きな獅子《しし》の頭《かしら》をかぶり腹に太鼓をつけた男が挨拶をして、どんと太鼓をたたいた。それを合図に脇の男が笛を吹き、頭に花飾りをのせた女たちが踊りだした。

店のお客たちも表に出て、門付をながめた。

花飾りの女たちは歌いながら、手足をゆっくりと動かして舞っている。突然、笛の曲調が変わると女たちは踊りをやめた。

どこにいたのか、もうひとり、小さな獅子の頭をつけた藍色の衣の男が現れた。若い男らしく体が細くて手足が長い。

どんと太鼓が大きく鳴った。

若者が逆立ちをしたと思ったら、くるりと反転して地面に立った。

人々から歓声がわいた。

また、太鼓が鳴って、今度はとんぼをきった。最初の一回は地面に手をついたが、二度目からはもう、手をつかなかった。

体をそらせて地面を蹴ると、宙に浮く。

くるり、くるり、くるり。

青空に藍色の花が咲いたようだった。

観客たちは喜んで大きな声をあげた。

男が地面に立ち、獅子の頭をはずして一礼した。まだ幼さののこる、きれいな顔立ちの若者だった。

花を頭にのせた女たちがざるを手に観客の前を一周する。人々は懐から銭を出してざるに入れた。お高もお栄も銭を投げた。

お近を振り向くと、口をぽかんと開けて若者を見つめている。

「どうしたの？」

お高はたずねた。

「長谷勝で曲芸をした子だよ。あたしが丸九って店で働いているって言ったから、来てくれたんだ」

「たまたまじゃぁ、ないのかい」

お栄が言った。

「違うよ、違うよ」

お近が力をこめる。

門付は去っていき、客たちも店に戻った。だが、お高はまだ路地をながめていた。

若者の姿が目に焼き付いている。

くるり、くるり。同じところを堂々巡り。

――人はつい、よかった時代の夢を見ますからねぇ。

お高の耳にさきほどの惣衛門の言葉が響いている。

作太郎、おりょう、お米、英の人たちの顔が浮かんだ。あの人たちは前に進んでいるのだろうか。同じ場所で、かつての夢を見ているだけなのではないのか。

消えた煮しめの顚末《てんまつ》の苦さが口によみがえった。

第二話　蟹は甲羅に似せて穴を掘る

一

新年は六日までが「松の内」、七日に七草の粥《かゆ》に若菜を添えて神前に供えてから食す「若菜《わかな》」があり、十一日は「具足開き《ぐそくびら》」、これはお武家のしきたりで町人は「鏡開き」という。この日、女たちは鏡台に餅を供えて「初顔祝《はつかおいわい》」と呼ぶ。

気づけば早くも十五日の「小豆粥祝《あずきがゆ》」を過ぎて、正月気分もすっかり抜けた。寒さはいっそうきびしくなって、厚い雲におおわれた空から、ちらほらと粉雪が舞っている。

この日、丸九の膳には蟹《かに》のみそ汁がのった。

越前《えちぜん》の方では大きな蟹が獲《と》れるそうだが、江戸で蟹といえば、ガザミとも呼ばれる渡り蟹である。大森《おおもり》や品川《しながわ》あたりの海にたくさんいて、値段も安い。体の大きい雄の胴体は身がたっぷり入っているので、ふたつ、三つに割ってみそ汁に入れる。はさみや細い脚はあまり食べるところがないが、いいだしが出るので、豆腐《とうふ》とねぎも加えて、大きな椀《わん》にたっぷりよそって出すことにした。

煮物は風呂《ふろ》吹《ふ》き大根である。大ぶりに切った大根をだし汁の中でやわらかく煮たもので、柚子《ゆず》で香りをつけた煉《ね》りみそをかけて食べる。ほかは、ぽりぽりといい音のするたくわん漬けと白飯、甘味《かんみ》はあずきの汁粉《しるこ》である。

「ああ、あったまるねぇ」

みそ汁をひと口飲んで、徳兵衛が大きな息を吐いた。

「今日はまた、特別に寒いですからねぇ」

惣衛門がうなずく。

「それに、いい香りだ」

お蔦は目を細めた。

昼を少し過ぎて、店のお客はまばらになった。

「ねぇ、お高さん、桃水《とうすい》さんの新しい読本《よみほん》が出たんですよ。それが、大評判」

惣衛門が言った。

「前は恋文《こいぶみ》だっただろ。今度は、金の話」

徳兵衛が続ける。

及川《おいかわ》桃水、またの名をかまどの消炭《けしずみ》と呼ぶのは、お蔦が深川で芸者をしていたころ産んだ子供である。相手は麴町《こうじまち》の山代屋《やましろや》という老舗《しにせ》の呉服屋の主《あるじ》で、妻がある。山代屋は日本橋の越後屋《えちごや》、白木屋《しろきや》と並ぶ大店《おおだな》だ。その跡継ぎとして大事に育てると言われて手放した。

それから一度も会うことがなく年月が過ぎた。成長した息子は芸事が好きで、芝居に夢中になり、戯作者《げさくしゃ》になりたいと言って家を出た。恋文集を出さないかと言われて頼ったのが、お蔦である。

お蔦の家に若い男が出入りしていると騒ぎだした徳兵衛、惣衛門に頼まれて、お高も加わり、三人で桃水に会ったことがある。

年のころは二十五、六。色白で鼻筋の通ったなかなかの男前だ。町人髷《ちょうにんまげ》に細縞《ほそじま》の粋《いき》な着物を着ていた。帯から垂らした根付《ねつけ》も凝《こ》った細工があって洒落者《しゃれもの》らしい。それでいて礼儀正しく、育ちのよさが感じられるような若者であった。

端唄《はうた》師匠をしているお蔦は、恋文などお手のものだ。

自分のことばかり書くのは初手のうち。自慢になったら、さらにまずい。そうではなくて、相手をほめるのがよい。

美人は美人と言われても聞き飽きているから、またかと思うだけだ。だから、人のほめないところをほめよ。それも、小さなところがよい。たとえば、先日お目にかかってお茶をごちそうになりました。その細い指の白さが心に残っております……というふうに。

この恋文集はよく売れて、続編も出した。桃水は念願の戯作にも取りかかることができたと聞いている。

「今度はお金ですよ。『借金指南』っていってね、借金の頼み方に、頼まれたときの断り方。金が返せないときの言い訳などなどが入っている」

恋文集とはずいぶん趣《おもむき》が違う。

「今度もお蔦さんが手伝われたんですか」

お高がたずねると、お蔦は首を横にふった。

「金の話はあたしにゃ、縁がないよ。それにこのごろ、忙しいのか音沙汰《おとさた》なしなんだ」

少し淋《さび》しそうな顔をした。

「しかし、よくできていますよ。ぱらぱらながめていても面白い」

惣衛門が言って、お高に手渡した。

『顔に肉があり、声が大きい親分肌の相手には、懐《ふところ》に飛び込むことを旨《むね》とせよ。泣き落とし、夜討ち朝駆け、土下座に功あり』

『顎《あご》がとがり、頭の鉢《はち》が大きな相手は、物事を理屈で考える人なり。情に訴えるのは功薄し。なぜ金が入り用か、いつまでにどのように返済するのか、理詰めで伝えるのが吉』

人相と組み合わせているところが新機軸か。

「しかし、借りるほうも貸すほうも、この本を読んでいたらどうなるんだろうねぇ」

徳兵衛が笑う。

たしかに面白い。だが、なんとなく桃水の人となりにつながらないのは、なぜだろう。

「あたしはね、桃水らしくない気がしてあんまり好きじゃないんだよ。ガツガツしているっていうかね。金のためなら手段を選ばないって感じがあるだろう。あの子は気持ちがやさしいんだ。他人が困っているのを見過ごせない。助けてやりたいと手を差し伸べるんだよ」

お蔦の言葉で、お高は腑《ふ》に落ちた。『借金指南』は言葉の端々に意地の悪さが見え隠れする。それが、乳母日傘《おんばひがさ》でおっとりと育った桃水と結びつかなかったのだ。

「そうだ。今日はまだ、徳兵衛さんのなぞかけが出てなかったですね」

惣衛門が少し沈んだお蔦の気持ちを引き立てるように言いだした。

「ああ。そうだ、そうだ。なにか足りないと思っていたんですよ」

茶を運んできたお栄が言う。

「よし、じゃぁ、ひとつ。そうだなぁ。蟹とかけて将棋ととく」

徳兵衛が得意のなぞかけをはじめた。

「はい、蟹とかけて将棋とときます。その心は」

惣衛門が受ける。

「爪（詰め）が大事です」

店の奥の客からも笑いが出て、徳兵衛は得意の顔になった。

そのとき、ふたり連れの男が入って来た。初めて見る顔だった。ひとりは中年で、灰色がかった藍《あい》の着物を着ていた。えらの張った四角い顔で二重《ふたえ》まぶたの力のある大きな目をしている。もうひとりは二十代半ばか。細縞の粋な着物を着ている。ひどくやせて、頬《ほお》がこけ、眉根《まゆね》にしわをよせている。

河岸《かし》で働く男ではなさそうだ。商人というのとも少し違う。何をしている人だろうか。

お高は首を傾《かし》げた。

「ここはね、河岸で働く人たちがたくさん来る。なかなかうまいものを出すらしい」

年かさの男が言うと、「ああ、それは楽しみだ」と若いほうが答えた。近ごろ、評判を聞いて店を訪れる客が増えた。そういう人たちらしい。

お近が膳《ぜん》を運ぶと、ふたりはひとしきり無言で、食べている。

「蟹といえば、この前、誘われて『蟹山伏《かにやまぶし》』という狂言《きょうげん》を見たんですよ」

惣衛門が思い出したように言いだした。狂言は能とともに行われる、滑稽《こっけい》なしぐさのある芝居だ。

「山伏が召使いの強力《ごうりき》を連れて山道を歩いていると、蟹の精が出て来て強力の耳をはさむ。山伏が離してやろうとあれこれ行《ぎょう》を使うんだけど、まったく効かない。ついには山伏まで耳をはさまれてしまうんです」

「ほう、蟹の精か。しかし、なぜ蟹なんだ？」

徳兵衛がたずねた。

「あたしも後でなぜ、蟹の精なんだろうって不思議に思った。猿でも、臼《うす》でも、蜂《はち》でもいいじゃないですか」

「それじゃぁ、猿蟹合戦じゃないのさ」

お蔦が言って、三人は機嫌よく笑った。

「失礼だが、『蟹山伏』に蟹が出るのは必然なのですよ」

突然、蟹のみそ汁を飲んでいた若いほうの男が話に割り込んだ。

「覚えていませんか？　山伏は『こなたのことを世上で生き不動じゃと申しまする』と強力に言わせて、『定めてそうであろう』と悦に入る。自惚《うぬぼ》れの強い男だ。古来、蟹は自分の甲羅《こうら》に合わせて穴を掘ると言われる。つまり、蟹の精は自分を大きく見せようという山伏を諫《いさ》めているということですよ。まぁ、これは私の持論ではありますが」

ふふと笑った。その笑いが、そんなことも知らないのかというように聞こえて、お高は嫌な気持ちになった。いつも穏やかな惣衛門も渋い顔になる。

「いや、失礼をいたしました。この男は本の虫のような学問好きの物書きでね。あれこれ古今東西の物事に通じている」

年かさの男が言う。

「ほう、物書きの……」

惣衛門がつぶやく。

「よろしければ、後学のために、ひとつお名前をいただけますとねぇ」

徳兵衛が続けた。

「及川桃水さんですよ。今、巷間《こうかん》話題になっている『借金指南』を書いた人だ。あの本のことはご存じでしょうか？」

年かさの男がそう紹介する。及川桃水と聞いて、お高は思わず厨房《ちゅうぼう》から身を乗り出した。

「え、ええ。もちろん」

惣衛門が答える。

「及川……、桃水先生……。こちらが？」

徳兵衛が目をしばたたかせながら繰り返す。

お蔦は何も言わず、じっと若い男を見つめた。

この男は及川桃水をなぜ名乗る？　それぞれの頭に同じ問いが浮かんでいるようだ。

「そうですよ。私はその本を扱っている地本《じほん》問屋、藤若堂《ふじわかどう》の主、藤若萬右衛門《まんえもん》と申します。どうか、みなさま、よろしくお見知りおきを」

奇妙な場の様子に気づいているのか、いないのか、年かさの男が軽く頭を下げる。地本問屋というのは、物語をつづった読本や挿絵の多い絵草子《えぞうし》、色刷りの木版画の錦絵《にしきえ》、古本などを扱う店のことだ。

「あの、以前、私がお会いしたのは別の方だったような気がしますが……」

お高がたずねる。

「それは、及川桃水の偽者《にせもの》でしょう。名前が売れると、あっちこっちで桃水の名を騙《かた》る者が出る。この男が正真正銘の及川桃水です。あっはっは」

萬右衛門が一笑に付した。

「ええっと、それじゃぁ」

徳兵衛が腰を浮かせた。

「ああ、そうですね。そろそろ、あたしたちはおいとましましょうかね」

惣衛門も続く。お蔦をうながし、三人は席を立った。

萬右衛門と「及川桃水」も、それからしばらくして帰った。

店を閉めて片づけをしていると、徳兵衛がやって来た。あわてて来たのか、この寒いなか、額に汗をかいている。

「ああ、お高ちゃん。もう、困っちまったよ。あれから、惣衛門さんとふたりでお蔦さんを家まで送っていったんだよ。だけどさ、お蔦さん、ぼうっとして、もう、なんにも言わないの」

「それは、それは。さぞかし驚いたことでしょうねぇ」

お高は答えた。

「一体全体、どうなっているんだよ」

徳兵衛が頭を抱えた。

「つまり、及川桃水がふたりいるってこと？」

お近が話に入る。

「なに言ってんだよ。及川桃水はひとりだよ。俺たちが知っている、あの御仁《ごじん》だ。麴町の呉服商、山代屋の跡取りの文太郎《ぶんたろう》さんだよ」

「もちろん、そうですよ」

お高も言葉に力をこめる。

しかし、ならばなぜ、あのやせた男が桃水を名乗っているのか。お蔦の息子はどこに行ったのか。

「ねぇ、悪いけどさ。俺たちには話しにくいこともあるかもしれねぇ。お蔦さんのところにお高ちゃんが行って、じっくり話を聞いてやってくれないかねぇ」

ねだるような目をした。

「だけど……」

役に立てるのだろうか。自分の手に余ることではあるまいか。

「行ってあげてくださいよ。お蔦さんも驚いていることでしょうから」

お栄が背中を押す。それで、お高はお蔦をたずねることにした。

室町《むろまち》にあるお蔦の家は表通りから一本入った細い通り沿いにある。黒塀《くろべい》に見越しの松のある粋な造りで、端唄教授という看板が出ている。

「ああ、お高さん。心配して来てくれたのか。すまないねぇ。お上がりよ」

出て来たお蔦はいつもの、少ししゃがれた低い声で言った。

お蔦は五十を過ぎているはずだ。目じりや首には年相応のしわがある。けれど色が抜けるように白く、髪は黒々として、指先はしなやかで細い。

「さっきのことだろ。あたしも驚いちまった。まさか、あんな……」

そう言って、くやしそうな顔になる。

「桃水を名乗るなら、もう少し肉づきのいい男にしてほしいよ。あれじゃぁ、まるで枯れ木じゃないか」

お蔦が案外に元気よさそうなので、お高は少し安心した。

「当たり前だよ。桃水の名を騙られて黙っているあたしじゃないよ」

威勢がいい。だが、次の瞬間、ふっと暗い顔になった。

「じつはね、あたしはあれからすぐ桃水の、いや、文太郎の部屋に行ってみたんだ。この先に住んでいることは知っていたけど、今まで一度も訪ねたことはなかったんだ」

「会えましたか？」

お高はおそるおそるたずねた。お蔦は首を横にふった。

「別の男が住んでいた。桃水さんのお住まいじゃないんですかって聞いたら、自分は半年前に引っ越してきて、前の人のことは知らないって言われた」

「半年も前に……」

お高は繰り返す。

「ねぇ、お高さん、文太郎はあたしに嘘《うそ》をついていたんだろうか。あんた、どう思う」

お蔦は膝《ひざ》を寄せ、お高の手を握り、真剣な表情でたずねた。

「嘘なんかついていませんよ。理由がないですよ」

「そうだよね」

お蔦は何度もうなずいて茶をいれはじめた。その手を止めて、お高にたずねる。

「でもさ、突然やって来て、恋文集をつくるから手伝ってくれって言ったんだよ。別れてから一度も会ったことはないのに。それって、変だよね」

「変じゃないですよ。お蔦さんっていう産みの親がいることは、だれかから聞いて知っていたんですよ。いい機会だし、知恵を借りたかったたんでしょ」

「まぁ、そうだけど」

「ご自分でもおっしゃってたじゃないですか。恋文集と今度の本は少し感じが違うって。恋文集は文太郎さんがつくったけれど、『借金指南』は別の人が書いたんですよ」

「そうかもしれないねぇ」

お高の言葉にお蔦は少し安心した様子になる。だが、はっと顔を上げた。

「だったら、なんで、あいつが桃水を名乗るんだよ。別の名前にすりゃぁ、いいじゃないか。あいつこそ、桃水の名を騙る偽者だ」

「それは……」

お高が言葉に詰まる。

お蔦の目は怒って三角になっている。文太郎を邪魔する者はだれであろうと許さんという顔である。

火鉢の上の鉄瓶《てつびん》の湯が煮えて、しゅんしゅんと鳴った。

「もしかしたら……。お宅に戻られたんじゃないですか。戯作者になりたくて家を出て来たなんて言った手前、お蔦さんには言いにくかったとか……」

お高はお蔦をなだめる。

「なるほど。そういうこともあるかもしれないねぇ」

「きっと、そうです。私が一度、山代屋さんをたずねてみます。そうして文太郎さんがいるか確かめてきます」

「まったくだ。読本も出して、戯作もしたんだから、もう十分だ。家に戻って家業を継ぐのも悪くない」

「そうですよ。私もそう思います」

お高が言うと、お蔦は少し安心した顔になった。

半蔵門《はんぞうもん》は武家屋敷が並び、その隣に位置する麴町は将軍家や大名旗本の御用を賜《たまわ》る商家が集まっている。お武家相手の商売人が集まっている界隈《かいわい》だから、町の様子も日本橋とはまたひと味違う。裃《かみしも》を着ているようだとは、口さがない日本橋っ子の評判である。

山代屋の派手で大きなのれんは坂の下からでもよく見えた。藍地に「山」と染め抜いた一間（約一・八メートル）幅の大きなのれんと、同じく紅色ののれんである。互い違いに計六枚、並んで店先を飾っている。そののれんのこちらにも向こうにも、たくさんの人がいる。

お高は裏の勝手口に向かった。

「日本橋の升屋《ますや》から参りました」

升屋は徳兵衛の店だ。商売物の酒を都合してもらった。「お年賀　升屋」と掛け紙まで書いてある。

若い女中が出て来た。

「升屋さん？　日本橋の？」

「はい。文太郎様にご挨拶《あいさつ》の品をお届けにあがりました」

「文太郎様？」

一瞬、怪訝《けげん》な顔をされた。

「こちらにいらっしゃるとうかがってお持ちしたのですが」

若い女中が奥に引っ込み、代わりに年かさの女中が出て来た。

「文太郎様はただいま、お留守で、しばらくこちらには戻られません」

「そうですか。お戻りはいつになるか、分かりますか？」

「聞いておりません」

ぴしゃりと言われた。

「では、お戻りになりましたらよろしくお伝えくださいませ」

酒を差し出す。

「いえいえ、それは困ります。そういうわけにはまいりませんので、申し訳ございませんが」

「でも、お戻りになるんでございましょう。でしたら……」

あれこれ言葉を重ねてみたが、結局受け取ってもらえなかった。

つまり、文太郎はここにはいないということだ。

となると、少し話は面倒だ。

室町にもいない。麴町の家にも戻って来ていない。ならば、あのアクの強そうな地本問屋にたずねるしかないではないか。あまり相手にしたくない御仁だが、しかたない。

今日の仕事は今日のうちに。まだ日暮れには少々間がある。お高は足を速めた。からっ風で空気が澄んでいるせいか、坂の上から富士山がきれいに見えた。日本橋からながめる富士のほうが少し大きいように思えるのは、贔屓目《ひいきめ》だろうか。

あれこれ考えながら歩いていると、笛の音が聞こえてきた。人の輪から楽しそうな声があがった。どうやら大道芸人が芸を披露しているらしい。先を急がねばと思いながらも、お高の足はついそちらに向かってしまう。

「さあ、お立ち合い。これよりお見せします足芸をとくとごらんくださいませ」

しわがれた声に続いて、どんと太鼓の音がした。

お高は人の肩の間から背伸びして、輪の中心を見た。

頭に花飾りをのせた女たちが踊りだし、小さな獅子《しし》の頭《かしら》をつけた藍色の衣の男が現れた。手足の長い、若い男だ。どこかで見たことがあると思ったら、正月に門付《かどづけ》に来た芸人たちではないか。松が明けても、こうしてあちこちの盛り場で人を集めているらしい。

どんと太鼓が大きく鳴って、若者が逆立ちをした。

花飾りの女が木製の輪を投げると、足で受け取る。両方の足に輪をかけてくるくると回した。

「よ、日本一」

　声がかかる。

　輪の次は樽《たる》である。器用に足だけで樽を回す。

　うまいものだ。

　そう思った目の端に、なぜかお近の姿があった。

　頰を染め、目を輝かせ、若者の芸を見つめている。

　ひとしきり足芸が終わると、花飾りをのせた女たちが竹ざるを手にして人々の前を一周する。人々は小銭をざるに投げ入れた。

　人の輪がくずれてみんなが帰りはじめても、お近はその場に立っている。

「お近ちゃん」

　お高は声をかけた。

「あれぇ、お高さん。どうしてここに？」

　お近は夢から覚めたような顔をした。

「あんたこそ、なんで？」

「あたしは、この人たちを追いかけているんだ。何回見てもかっこいいよね。胸がすうっとするんだ。あの人は竹造《たけぞう》っていうんだよ」

若い男はお近の方をちらりと見て、白い歯を見せて笑う。大道芸の一行は荷物をまとめると、歩きだす。お近はそれに引っ張られるようについていく。

「お近ちゃん、どこまで行くの？」

「今日は、この先でもう一度やるんだって。あたしはそれを見てから帰る」

「そう。それならいいけど」

「何が？」

お近は無邪気にたずねる。

「だって、あの人たちは流れ者でしょ」

「違うよ。ちゃんと秩父《ちちぶ》の方に家があるんだ。畑ができない冬の間、こうやって稼いでいるんだ。いい人たちだよ」

「そうなの？　ならば、いいけど」

その声が終わらないうちに、お近は若者を追って駆けだしていた。

近ごろのお近は少し浮かれていた。それにはこんなわけがあったのか。お高は腹に落ちた。

室町に戻るころには、冬の日はすっかり暮れていた。

藤若堂はそば屋と畳屋にはさまれた小さな店だった。店先には役者の錦絵が並び、脇の棚にはさまざまな読本や絵草子が積み重なり、天井から本の名前と作者を書いた紙がいくつも下がっている。その中に『恋文百篇』と『借金指南』の文字もあった。どちらも作者は及川桃水である。

店の奥の帳場では若い男が算盤《そろばん》をはじいていた。

「ごめんください。こちらに萬右衛門様はいらっしゃいますでしょうか」

お高が声をかけると、男が顔を上げた。丸顔の人のよさそうな顔をしている。男が奥に呼びに行き、しばらく待っていると萬右衛門が出て来た。

「あんたは……？　ああ、たしか日本橋の一膳めし屋の……」

「はい。丸九という店で、おかみをしております。ほかでもない及川桃水さんのことなんですが」

桃水の名が出ると、萬右衛門の目が鋭くなった。

「じつは、私どもは及川桃水さんという方とは以前から懇意にさせていただいておりました。その方は、先日いらした方とはまったくの別人でした。いったい、どういうことなのか。正直、狐《きつね》につままれたような……。なにか、ご存じでしたら教えていただけませんでしょうか」

「ふうむ」

そう言って萬右衛門は、お高の様子をじろりとながめた。

「まぁ、いいでしょう。ちょいとこちらへ」

そう言って隣のそば屋に向かう。

「ちょいと店を借りるよ」と奥に声をかけると、入り口にあった酒樽に腰をおろし、お高にもすすめる。

「この前、お宅の店に行ったのが正真正銘の及川桃水、ほかにはいない。……と言いたいところだけど、まあ、ねえさんがわざわざ来てくれたから、それに免じて教えてやる。あんたが聞きたいのは、山代屋の息子の文太郎のことだろ」

ずばりと切り込む。二重まぶたの大きな目がお高を見ている。

「その通りです」

「やっぱりなぁ。あのとき、なんか、お客の様子が変だと思ったんだ」

腕を組む。

「じゃぁ、まず、地本問屋の話をしなくちゃなんねぇな。あんた地本問屋がどういうもんか知っているか？」

「本を並べて売るのが仕事でしょう」

当たり前のことを聞くものだと思いながら、お高は返事をした。

「そうじゃねぇよ。それならただの本屋だ。地本問屋っていうのは、本をつくるところからはじめるんだ。どんな本が売れるか考えて、物書きや絵描きに注文して文や絵を書かせる。それが出来上がってきたら、職人に渡す。職人が版木《はんぎ》に彫って紙に刷り、丁合《ちょうあい》をとって表紙をかける。それで本になる」

どうだ、すごいだろうと言わんばかりに、お高を見た。

「五年ほど前かな、文太郎が初めてうちの店にやって来た。物書きで身を立てたいというんだ。そういうやつがときどき、自分で書いたというもんを持ってここにやって来る。たいていは箸《はし》にも棒にもかからないようなやつだ。文太郎はちょっと、ましなほうだった。あいつは家がいいからさ、まあ、小遣い稼ぎ程度にやるんだったらいいんじゃねぇのかと思って、頑張りなと言ったんだ」

萬右衛門のところには、同じように物書きになりたいという者たちが何人も出入りしている。勉強会みたいなものを開いたり、あれこれ熱心にやっているらしい。

「そんなかから、うちで読本を出して、それが結構あたったのもいるんだ。で、自分もと思ったんだろうな、家を出て来ちまったと言われたときには、まいったなぁとは思ったよ」

そば屋のおかみがふたりに渋茶を持ってきた。話が長くなりそうだから、何か注文しろということだろうが、萬右衛門はそんなおかみの様子に頓着《とんちゃく》しない。

「で、文太郎と相談して『恋文百篇』という読本をつくることにしたんだ。及川桃水という名前もそのとき考えた。恋文の甘い感じに合うだろう」

「はい。文太郎さんにぴったりです」

あちらのやせた男には似合わないと言外に匂《にお》わせたつもりだ。萬右衛門は気づいたらしく、太い眉毛をちょいと上げた。

「あの本はよく売れた。続編も書きたいというから、考えておけよと言った。『借金指南』のほうの案は、俺が考えたんだ。文太郎も面白そうだって喜んでいた。昔から『彼を知り己《おのれ》を知れば百戦あやうからず』って言うだろ。借金するなら、相手がどういう人間か考えてそれに合った言い方をしなくちゃだめなんだ」

「じゃぁ、そのときはまだ、『借金指南』も文太郎さんが書くつもりだったんですね」

「そうだよ。こっちだって及川桃水を売り出したんだ。上手に育てて、いろいろ儲《もう》けさせてもらおうと思っていたんだよ」

萬右衛門は渋茶を音をたてて飲んだ。

「じゃぁ、どこで違ってきたんですか？」

「半年ほど前かなぁ。前借りしたいって言ってきたんだ。まじめな男で酒はたしなむ程度、博打《ばくち》にも縁がない。女の噂《うわさ》も聞いてない。何に使うのかなと思ったけど、三十両ほど都合したかな」

ちょっとした金である。

「だけど、それだけじゃなかったんだ。あと十両、もう五両って言ってくる。肝心の『借金指南』のほうはちっとも進まねぇ。なにやってんだって腹を立てた。どうして金が要《い》るんだ、何に使っているんだって聞いたけど、答えねぇ」

「それで、肝心の本のほうはどうだったんですか？　ちゃんと書いていたんですか？」

「それがだめなんだ。約束の期日をずいぶん過ぎて、何度催促しても出来上がらねぇ。とうとう、書けないからほかの人に書かせてください、及川桃水の名前も要りませんって言いやがった。貸した金は返してくれるんだろうなって聞いたら、少しずつですが働いて返しますからって」

「そんな……、それで文太郎さんは、今、どこにいるんですか？」

「それが分かんねぇんだ。長屋も引き払っているし、実家に戻ったわけでもねぇ。消えちまったんだ。律儀に金は毎月送られてくるから、どっかで生きていることだけは確かだ」

萬右衛門はそこで大きなため息をついた。

「書けねぇなら、書けねぇって相談してくれればいいんだよ。こっちも知恵があるんだ。根がまじめなやつだからさ、ひとりで抱えこんじまったのかねぇ。だから最初に言ったんだ。せっかく家があるんだ。若旦那のままでのんきにやって、暇つぶしに書くぐらいでちょうどいいんだって」

そのとき初めて、萬右衛門は淋しげな表情を見せた。

「ねえさんは、文太郎を探しているんだろ。見つけたらさ、ともかく一度、俺のところに来い、話をしようって言ってくれ」

　そう言って、立ち上がった。

二

片づけをしながら、お近はそわそわしている。早く帰りたくてしかたがないらしい。

「お近。なんだよ、この洗い方は。まだ汚れがついているじゃないか。やり直し」

お栄が椀をばらばらと盆に重ねて、お近に突っ返した。

「えぇぇ、そうかなぁ」

「ほら、ここ。それから、ここも。どこ見てやってんだよ」

お近は渋々、盆を持って井戸端に向かおうとした。

「二度手間になれば、かえって時間がかかるのよ。手順をとばさないでていねいにね」

お高がお近の背中に声をかける。

「そうだよ。仕事ってのはそういうもんだ。あんた、このごろ、何をやらせてもそそっぽだ」

「そんなにふたりして言わなくてもいいでしょう。分かってます」

お近が言い返した。その目が三角になっている。

「そんなに、あの大道芸が見たいの？」

お高がたずねた。

「そういうわけじゃないけどさ……」

一応口ではそう答えるが、本心は別のところにある。

「なんで、あのとんぼ返りがそんなにいいんだよ。やめときな。あの人たちとは住む世界が違う。堅気《かたぎ》の人間が近づいちゃいけないんだ」

「あの人たちも堅気だよ。流れ者なんかじゃないよ。昔っから秩父に住んでいる人たちで、ふだんは畑仕事をしていて、冬場しばらくこっちで稼ぐんだよ。家族なんだよ」

お近は泣きそうな顔になった。

神社の奉納に神楽《かぐら》や獅子舞《ししまい》をする村は多い。連《れん》をつくって稽古《けいこ》を重ねる。なかには何百年と続いている神楽もある。お近が追いかけているのは、長年、地元の神社に神楽を奉納している一家だそうだ。太鼓をたたくのが父親で、兄ふたりが笛を受け持ち、姉と妹が花飾りをつけて舞う。とんぼ返りをする若者は竹造で、一家の誇りであるらしい。

「村で神楽を奉納するのはそこの家族だけなんだ。だから、とっても名誉なことなんだってさ」

「ふうん。どっちにしろ、あんまり夢中にならないほうがいいよ」

お栄がくさす。

「分かったわ。じゃぁもう、今日は行っていいから。明日からはちゃんと仕事に身を入れてね」

お高の言葉で、お近はとびあがって喜んだ。前掛けを外したと思ったら、あっという間に店を出て行った。

残されたふたりは顔を見合わせてため息をついた。

「まったく、若い娘の考えていることは分からないよ」

お栄がつぶやいた。

そのとき、裏口に人の気配があった。お高が戸を開けると、作太郎の姿があった。

「おや、おめずらしい。どうなさっているのかと案じていましたよ」

お栄が少しとげのある言い方をした。大晦日《おおみそか》の煮しめの一件以来、作太郎は丸九に顔を見せていないのだ。

「いや。申し訳ない。早く来ようと思っていたんですが、どうも気が重くてね。後から詳しい話を聞いて、私も驚きました。本当におふたりには失礼なことをしました」

頭を下げた。

「多満留屋《たまるや》さんのおせちは無事、間に合ったんでしょう。よかったじゃないですか。そこは寒いから、どうぞ、お入りください。今、お茶をいれますから」

お高が招じ入れた。

「いや、本当に恥ずかしいところをお見せしました。あれが、今の英《はなぶさ》なんですよ。思いがけないことがあれこれ起こる。みんなが右往左往して、結局無駄なことばかり。少しも進まない」

帰り支度をしていたお栄が、ふと振り返ってたずねた。

「それで結局、あれはどういうことだったんですか？　煮しめのことは片づいたんでしょ」

板前は自分はたしかに煮しめをつくり、重箱に詰めておりょうにも見せたと言った。ところがいつの間にか重箱は空になっていたのだ。

作太郎は困った顔になった。

「いや、それが、まぁ、そのまんまというか。姉が大事な話があると言いだして、あの日はそれどころじゃなかったんですよ」

「ああ、そうですか。こっちも、いろいろありましてね。なくなったはずの煮しめがなぜか裏におかれた豆腐屋の桶《おけ》の中に入っていた。豆腐屋がそれを持ち帰って、知り合いの娘にお裾《すそ》分《わ》け。巡り巡って、お近の口に入っていたんだ。とすると、あそこにいただれかのしわざってことになりますよねぇ」

お栄がつけつけと言うので、作太郎はますます困った顔になる。

「そういうことだったんですか。じゃぁ、ともかく煮しめはあったんだ。あの日、英にいたのは、そう多くはないんですよ。料理をつくった板長ともうひとり。お米とほかに若い女中がふたり、姉と私とおりょう。それだけ。お米はあの通りの忠義者だし、女中たちもそんな悪さをするような娘《こ》ではない」

「外からだれかが入ったということは考えられないんですか？」

お高がたずねた。

「まぁ、それもないわけじゃない。なにしろ姉と私は奥で話をしていて、おりょうは帳場にいた。お米たちは客間を片づけていたから、厨房《ちゅうぼう》には長いことだれも人がいなかったんだ」

「そうかぁ、ああ、分かった。これはきっと、ご先祖様が怒っているんですよ。惣領《そうりょう》息子が店を顧みないで遊び歩いてるから、目を覚まさせようとしている」

お栄がくっと下唇を突き出した。

「いや、まったくその通りだ。お栄さんにはかなわないなぁ」

作太郎は笑いだした。

「もう、何を言いだすのかと思ったら……。もう、帰るんでしょ」

「ハイハイ。そうでございました。お邪魔さまです」

お栄は音をたてて戸を閉めて出て行き、急に店は静かになった。

沈黙が流れた。

床几《しょうぎ》に腰をおろした作太郎はひどく疲れた顔をしていた。やせたようにも見える。

「何かあったんですか」

お高は作太郎に茶をすすめながらたずねた。

「いや、今日、母が亡くなったという便りがあった。私を産んだ女《ひと》です。英の跡取りにするという約束で、五歳の私を手放した。絵描きになりたいと文を送って伝えると喜んでくれた。いつも、私の幸せを考えてくれた人だ。その母に、なにひとつ、いい報《しら》せを伝えられないまま逝《い》かせてしまった」

作太郎は苦しそうな顔をした。

「まわりの期待に応《こた》えるような生き方ができたら、どんなにいいでしょうね。ちゃんと結果を出せたら。重い荷を背負うことはいいんですよ。みんなそれぞれ何かを背負って生まれてくる。お高さんだってそうでしょう。どんなに重くったっていいんですよ。それを背負う力がありさえすれば。私だってできることなら、英の主になって店を流行《はや》らせたい。さすがはあの龍右衛門《たつえもん》さんの子だと言われたい。だけど、私にはその力がない。覚悟もない。おりょうのほうがよっぽどうまくやっている」

作太郎は薄く笑ってみせた。

「そんなふうにご自分を責めないでください。作太郎さんにはいいところがたくさんあるじゃないですか。明るくて、話も面白くて、いつもみんなの中心にいる。双鷗《そうおう》画塾《がじゅく》でも、先生は頼りにしているし、塾生の方々も作太郎さんの話を聞きたがっている。そうじゃないですか?」

「それは、私が父のようになりたいと一所懸命努力したからですよ。真似《まね》をしたんです。どんな話をしたら、みんなの興味をひくか、面白がってくれるのか。堂々と見せるにはどうしたらいいのか。人を惹《ひ》きつけるとはどういうことか。そんなことばかり考えていたときがある。本当の私は陰気で卑屈で小さい男だ」

「まぁ、まぁ、いつもの作太郎さんはどこに行ってしまったんでしょうねぇ。そうだわ。ねぇ、お汁粉はいかがですか。甘いお汁粉。あずきがたくさん入っているんですよ」

お高は昼の膳に出した汁粉を温めなおしてすすめた。作太郎は素直に受け取って黙って食べた。

「うまいなぁ」

作太郎はしみじみとした声を出した。

「じつは、大晦日、多満留屋のご隠居さんのところに料理を持って行ったんですよ。丸九の煮しめと味が近い煮ころがしとか」

お高はいたずらっぽい目をした。

「ほう」

「ご隠居は喜んでくださいました。私もそれで気持ちがおさまった。めでたし、めでたしって。簡単なんですよ。でも、作太郎さんは違いますよね。なんでもできる人だわ。だから、ふつうの人よりも、もっともっと高いものを求めてしまう。みんながすごいと驚いたり、喜んだりしても、ご自分では、まだまだ自分の努力が足りないと考えている。ご自分を甘やかさないんです。その分、苦労が多い」

「そうかなぁ」

「失敗したって、間違ったっていいのに。でも、そんなご自分を見るのが嫌だから、ご自分を持て余して、あんなふうに……」

　言葉につまった。

「……ふらふらしている。逃げ回っている。そんなふうに姉にいつも叱《しか》られている」

　汁粉を食べる手を止めて、遠くを見る目になった。

「もともと英は曽祖父《そうそふ》がはじめた店なんですよ。京よりも京らしくというのが、売り物だった。京から下《くだ》り物を取り寄せ、京生まれの板前を呼び、京ことばで出迎える。曽祖父は葛飾《かつしか》の生まれだ。京には一度も行ったことがない。そんな男が自分の夢を形にした」

　それを今の形に変えたのは、作太郎の父の龍右衛門である。

「京ではこうだ、これが京のしきたりだと、店にはたくさんの決まりごとがあった。父はそれを窮屈に感じた。それに時代も変わった。江戸が力を持ってきた。江戸に生まれたことが自慢なんだ。父は思い切って江戸風に舵《かじ》をきった」

目論見《もくろみ》はあたって、英は人気の店になった。

龍右衛門は役者や相撲取りを店に呼んだ。連歌《れんが》に謡《うたい》、書の集まりを開いた。英は通人《つうじん》、粋人《すいじん》、流行り者が贔屓をする店といわれ、それがまた人を集めた。

「父親は剛腕な男だった。美しいもの、贅沢《ぜいたく》なもの、おいしいものが好きだった。これはと思った人を育てるのもうまかった」

九蔵もまた、龍右衛門が育てたひとりだった。

どこよりも早くみかんを出し、目にもあでやかな美しい、豪華な盛り付けで人を驚かす一方で、なじみの客にはふだんの惣菜《そうざい》のようなものも出した。それが、喜ばれた。英でなじみの扱いを受けたいと足しげく通う者も少なくなかった。

英を引っ張ったのは龍右衛門であり、九蔵が料理を担《にな》った。そして、おかみとして支えたのが、龍右衛門の妻のお蓉《よう》である。美しい、華やかな人であったという。

「生《な》さぬ仲の私のこともかわいがってくれた。元来陽気で、面倒見のいい人なんだ。私が双鷗画塾に通い、もへじや森三《もりぞう》と仲良くなると、ふたりにもよくしていた。もへじなどは、私がいないときにも英に来て飯を食べていた」

「もへじさんらしいわ」

「そうなんですよ。そこがあの男のいいところだ。どこに行っても、すぐ友達ができる」

「森三さんは？　あの方はどういう人だったんですか？」

お高は湯飲みに茶を注ぎながら、何気ないふうにたずねた。

「森三は……」

作太郎はわずかに口ごもった。

森三は自ら命を絶ったと聞いた。絶筆となった涅槃図《ねはんず》は谷中《やなか》の浄光寺《じょうこうじ》にある。釈迦《しゃか》の入滅《にゅうめつ》を描いた図はひどく淋しいものだった。釈迦を表した松はひび割れた古木で、弟子たちも萩《はぎ》や女郎花《おみなえし》、牡丹《ぼたん》などの花の姿をしている。その花は散り、葉は枯れ、つぼみは硬いまま首を垂れていた。

浄光寺にはたくさんの幽霊画があり、盆のころ、それが開帳される。お高はお栄とお近の三人で幽霊画を見に行って、作太郎に会った。

作太郎は森三の涅槃図を見つめていた。だが、寺の裏にある森三の墓地をたずねることはしない。おそらく、できないのだろう。作太郎と森三の間に何があったのか、お高は知らない。

けれど、作太郎の目に憂いが浮かんだのは一瞬のことだった。

「森三は体が小さくて細くて、女の子みたいにきれいな顔をしているんだ。だから、おふくろもおりょうも森三のことが好きだった。お腹《なか》はすいていないのか、いっしょにお菓子を食べようとか、仕付け糸のついた羽織があるが着てみないかと、大騒ぎする。だけど、森三は恥ずかしがり屋だからろくに返事もしないで、いつも赤い顔でうつむいている」

作太郎は十六歳で双鷗画塾に入った。同じころ、もへじと森三も入塾した。もへじは同じ十六、森三は二歳下で、おりょうと同じ十四歳だった。

「画塾では花や風景の絵を見て、それを模写する。描きあがると最後に師範の先生が天地人で評価する。とくにいいものには『天』がつく。もへじと私は『天』を落とすことがあったけれど、森三は毎回必ず『天』がついた。私はくやしくて、なんとか森三に迫ろうと努力した」

「いいお仲間だったんですね」

お高は言った。

「そうなんだ。私たちは毎日絵の話ばかりしていた。もへじは画帖《がじょう》を持って外に出て、鳥や猫や魚を描いていた。動くものが得意なんだ。私は風景のほうが好きだ。春の初めのやわらかな緑に染まった山や、じりじりと太陽が照りつける夏の海辺や、葉を落とした木々の向こうに夕日が見える晩秋の景色とか。じっと座って、何時《なんとき》でも眺めていられる」

「森三さんは？」

「あいつはなんでも描けた。だけど、ときどき、奇妙なものを描くんだ。さかさまに生えている木とか、ねじれた人の顔とか。そういう気味の悪いものたちが夢に現れると言っていた。それらは先生たちには見せない。他人《ひと》には見せない画帖の中に、こっそりと隠していた」

「三人とも子供のころから絵が上手だったんでしょう？　それは天から与えられたものなのかしら……」

お高は首を傾げた。

料理人にも天分というものはある。けれど、それ以上に、どんな師について、どれくらい修業をしてきたかのほうが大きい。お高がそのことを告げると、作太郎はうなずいた。

「そうだなぁ。森三は絵を描くために生まれてきたような男だった。最初から、だれの真似でもない自分の絵があった。だけど、私は絵を描くことで救われていたんですよ」

困ったように顔をしかめた。そうすると、目尻にしわがよった。それは、年をとってできるしわとは違う、きれいな線を描いた。

「五歳で英に来て、私の暮らしはすっかり変わった。いつも周りにたくさんの人がいて、私は自分が期待されていることを感じた。私は父が好きだ。私の誇りだ。父はぐいぐいと波を分けて進んでいく船の主のような人だ。先頭に立って人を引っ張っていく。父はいつも新しいことを考えていて、その言葉はきらきらと輝いている。どんなに難しいと思われたことでも、父はやり遂げた。私は父のようになりたかったし、父にほめられたかった。けれど、父のようにはなれない。人を動かして、お客を呼んで、大きなお金を動かして店を流行らせる。そういうことは私には向かない。だんだんとそのことに気がついてきた。父も早くに気づいたと思う」

「だから、絵の道を選んだと？」

お高はたずねた。

「絵を描いていると、気持ちが落ち着いた。周りの人たちに『さすがは龍右衛門の息子さんだ』とか、『早く立派な跡継ぎになって、父上を安心させてください』とか、言われつづけることが苦しかったから。そうして絵に逃げて……。蟹は己の甲羅に似せて穴を掘るというけれど、私は分不相応な穴に置かれてしまったんだ」

作太郎は苦しげな表情を見せた。

九年前の晩秋、作太郎の父、龍右衛門が逝った。その四年後、おかみでもある義母のお蓉が亡くなった。だが、作太郎は英には理由をつけて戻らず、絵からも離れてしまう。焼き物をすると言って各地を歩いている。その間、おりょうがおかみとして店を切り盛りすることになった。

そのころから、静かにゆっくりと英は陰りだしたのだ。

おりょうのせいではないと、お高は思う。おりょうは気働きのあるおかみとして評判がよかった。時代が変わってしまったと言う人もいる。そうかもしれない。かつての好景気は去って、風流や遊びを好む人も少なくなった。

「お父様が亡くなられたとき、英に戻ろうとは思わなかったのですか？」

立ち入ったことだとは思ったが、お高はたずねずにはいられなかった。

「もちろん考えた。姉からも、親戚たちからも言われた。だけど、その年、夏に森三が死んだから」

最後の言葉はつぶやくほど、小さかった。

結局、話は森三のことに戻ってしまう。

——森三さんはなぜ死を選んだのか？

お高が聞こうとしたそのとき、裏の戸がたたかれた。幼なじみの仲買人《なかがいにん》の政次《まさじ》だった。

政次は作太郎がいるのを見ると、一瞬、眉根をよせた。

「作太郎さんもいるのか。まぁ、いいや」

ずかずかと入って来ると、お高に告げた。

「お蔦さんの息子な。それらしい人が河岸《かし》にいるよ。留《とめ》公の下でごみ集めたり、掃き掃除をしている」

留公とは河岸に出入りする何でも屋の留助のことだ。あれこれちょっとした手間仕事を請け負っている。

「どうして分かったの？」

「うん。まぁ、そりゃぁ、いろいろだよ。だけど、まだ、『らしい』ってところだ。今、留公のところで待たせてる。会ってみるだろ。あ、絵描きさんも来るかい？」

ひょいと首を回して作太郎を見た。たとえ来ると言っても、断ろうという顔である。

「いや、私は」

そう言って、作太郎は腰をあげた。

河岸に向かう道すがら、政次がたずねた。

「なんだよ。お高ちゃん、もう、あいつを家に入れる仲になっちまったのか？」

不満そうな顔である。

「嫌な言い方。ただちょっと厨房で話をしていただけでしょ」

「そんな感じじゃ、なかったぞ。やめとけ、やめとけ。ああいうやつは。それよかさ、またみんなで集まろうって話になっているんだ。草介《そうすけ》も来るよ。どうだ、来ないか？」

草介は幼なじみの植木職人だ。腕のいい男で、ゆくゆくは父の跡を継いで棟梁《とうりょう》となる。政次は、お高と草介をくっつけようと目論《もくろ》んでいるらしい。

「考えておく。ねぇ、それより、文太郎さんのことよ。どういう人なの？」

「そいつはふた月ほど前にふらっと来たんだって。何でもやるって言うけど、重いもんは持てねぇし、体も強そうじゃないから掃除させてる」

「なんで掃除？　本当に文太郎さん？　人違いじゃないの？」

「だけど、そいつ、一度丸九に来たことあるだろ。俺も、顔に見覚えがあるんだよ」

お高は半信半疑で政次の後をついていった。

早朝はにぎやかな河岸だが、夕方に近い時間だから人気《ひとけ》はない。地面にはお高と政次の長い影が伸びている。留助が体を休める小屋に行く。ふたつの黒い影があった。

「何度も悪いな。ちょいと会わせたい人がいるって言っただろ」

政次が言うと、留助の脇にいた男がびくりと体を動かし、振り返った。

やせて頬がこけ、目だけがぎらぎら光っている。それでもなお、顔つきに品がある。ずいぶんと面変《おもが》わりしていたが、たしかに及川桃水こと、山代屋の文太郎だった。

三

「それで、結局、どういうことになっているんですか。文太郎さんは、なんて言っているんですか」

惣衛門がお高にたずねた。隣で徳兵衛はいらいらと膝を揺すっている。

冬の短い日は暮れかかっている。惣衛門と徳兵衛が丸九にやって来た。文太郎のことを相談するつもりなのだ。

お蔦にどう伝えるかも大問題だ。

本を書かず、萬右衛門から金を借りたまま姿を消したと知って以来、心を痛めている。そのうえ、河岸でごみ拾いをしているなどと聞いたら、どんなことになってしまうか分からない。

「お金を借りたのは本当だけれど、そのわけは言いたくないと言うんですね」

惣衛門がたずねる。

萬右衛門にも伝えなかったのだ。突然現れたお高に言うはずがない。

「なんで、本を書かねぇんだよ」

徳兵衛がいらだつ。

「書きたい気持ちが消えてしまった。だから、書けないと」

惣衛門と徳兵衛は顔を見合わせ、黙ってしまった。

お栄もお近も帰ってしまって、丸九の厨房は静かだ。かまどには、明日の朝の膳にのる煮豆が白い湯気をあげている。

「山代屋さんに戻るつもりもないんですね」

惣衛門がたずねる。

「はい。男が一度決めたことだからって」

「つまんねぇ、意地を張りやがって。申し訳ありませんでしたって頭を下げりゃぁ、親父《おやじ》さんだっておふくろさんだって大喜びで迎えてくれるのにさぁ」

徳兵衛が頬をふくらませる。

「帰るなら、なんで金を借りたのか言わなくちゃならないでしょ。それが、嫌なんですよ。きっと」

惣衛門が気の毒そうな顔になる。

「そもそも、なんで金が必要だったんだよ」

結局、話は元にもどってしまう。

惣衛門が言いだした。

「私が知り合いから聞いた話なんですけどね。文太郎さんは一度、戯作《げさく》をしているんですよ。川島《かわしま》一座っていう、まあまあその筋では名の通っているところで書いているんです。『恋文百篇』を芝居にしたような話で、本に出てくる恋文がたくさん使われている」

ある店の若旦那が古本屋で『恋文百篇』を手に入れる。試しに、吉原《よしわら》の女郎に文を送ると色よい返事が返ってくる。これはいい、と手あたり次第女に文を送る。あちこちの女たちからもてて有頂天になるが、調子にのりすぎて一番好きな女に愛想尽かしをされてしまうというものだ。

「面白い話だったそうですよ。そこそこ人気になって、また次もって言われていたらしい」

「その戯作はどうしたんですか？」

「いや、だから、そっちもそれっきり。書けなくなったと断ったそうです」

読本を出し、それをきっかけに戯作の道もひらけ、さあ、というときに、文太郎はすべてを投げ出してしまったのだ。

「自分のためじゃなくて、人のために使ったんじゃないですか。その人に他言無用と言われて黙っている」

ふと思いついてお高が口にする。

「人のためっていうのは、いいですね。文太郎さんはやさしい人ですよ。恋文を読めば分かります」

惣衛門がうなずく。

「なるほどなぁ。そうか。自分のためじゃなくて、他人のためか」

三人はしばし沈黙し、考える。

どうしても、文太郎にはいい人でいてほしいのだ。お蔦のためにも。

「お、分かったぞ」

徳兵衛が膝を打った。

「ある日、文太郎さんが大川端を歩いているってぇと、身投げをしようとしている男がいる。『おい、早まっちゃいけねぇ』と押しとどめてわけを聞く。男が語りだした。じつは自分は深川の大工だ。女房が長患いで臥《ふ》せっている。薬代の借金で首が回らなくなった。しかたなく孝行娘が吉原に身を売って金をつくってくれた。その金を懐に入れて帰る途中、すりにすられてしまった……」

どこかで聞いたような話である。

「いい話ですねぇ。けれどね、徳兵衛さん、肝心なところを勘違いしていますよ。お金は最初から文太郎さんの懐にあったんじゃないんです。人から借りて用立てた。それでも足りなくてあちこち不義理を重ねてしまったんです」

お高が説明した。

「ううん」

三人はまた、考える。

「やっぱり性悪女にひっかかったんじゃねぇのか。なまじ真面目《まじめ》だからさ、深みにはまるってことがあるぞ」

徳兵衛が言う。

「そういう女にひっかかった友を助けようとしたということも考えられますよ」

惣衛門が思いつく。

「ああ、そうですね。そういうこともありますよ」

お高も続ける。

しかし、いくら考えたところで答えは出ない。当たり前だ。肝心の文太郎が口を開かないからだ。

「とりあえず、お蔦さんには文太郎さんが見つかったことは伏せたまま、文太郎さんに親しい友達がいなかったか聞いてみるというのは、どうかねぇ」

徳兵衛が提案する。あくまで、文太郎は友のために金を都合したということで、話を進めたいのだ。

「そうですね。そうしましょう」

物衛門も笑顔になる。

その足でお蔦のところに、物衛門、徳兵衛、お高の三人で向かった。

日はとっぷりと暮れて、北風が足元を吹き抜ける。それぞれが手にする提灯《ちょうちん》の明かりが足元で揺れていた。

家の前まで行くと、お蔦がつまびく三味線の音が響いてきた。やけに物悲しい曲調である。

「ああ、困ったねぇ。お蔦さん、泣いていたらどうしよう」

徳兵衛が言った。

「そうですよねぇ。あれこれ、思っているに違いないですよ」

物衛門がつぶやく。

せっかく家の前まで来たのに、ふたりは立ち止まってその先に進めないのだ。

「ここまで来たんですから、早くお蔦さんに話を聞きましょうよ」

お高がふたりに声をかける。

「ああ、まぁ、そうなんですけどね……。あの人の気持ちを考えるとね。だって、そうでしょ。幼いころに手放した息子が自分のところに会いに来た。しかも、立派な大人になって。世に出るための手助けをしてやったんですよ。それなのに、突然消えちまった。どうしたんだろう、何があったんだろうって思いますよ」

惣衛門が悲しげな顔になる。

「しかもだよ。息子のいるべき場所に、あかの他人が居座っているんだ。腹が立つよねぇ。くやしいよねぇ」

徳兵衛が憤《いきどお》る。

「そうですよ。あたしなら、いっそ、あのとき、手助けなんかしないで家に帰らせればよかったって思いますよ」

「いや、お蔦さんはそういう人じゃないですよ。そんなふうにくよくよはしないと思います。いつまで、そんな繰《く》り言《ごと》を重ねるつもりなのか。寒さのせいか、お高は少し腹を立てる。はっきりしたところがありますから」

お高の言葉に惣衛門と徳兵衛が振り返った。

「ああ、お高さんはまだまだ若いんだよねぇ。強く見えても、あの人ははかない、弱い人なんだ」

「そうそう。そこを分かってやらねぇとさ」

ふたりにとってお蔦は、大切に守ってやりたい憧れの人なのだ。しかし、玄関の前でいつまでもぐずぐずしているわけにもいかない。お高はふたりを振り切って戸をたたいた。

「ごめんください。お蔦さん、いらっしゃいますか。丸九の高ですが」

声をかけると、すぐにお蔦が出て来た。

「おや、三人そろって。どうしたんだい」

いつもの低い少ししゃがれた声でたずねた。家でくつろいでいたからか、細い縞の着物の襟《えり》をゆったりと合わせている。白くて細い襟足が目にしみる。女から見ても、お蔦には色気がある。

「いや、たまたま、三人がそこで会ってね。じゃぁ、お蔦さんの顔でも見ようかなって話になったんだ」

徳兵衛が分かりやすい嘘をついた。

六畳の座敷はこぎれいに片づいている。飾り棚の花生けには、椿《つばき》が一輪。

「外は寒かっただろ。まぁ、お茶でも飲んでいきなよ」

お蔦が火鉢の鉄瓶の湯で茶をいれる。

「あたしもね、あんたたちに会いたいなって思っていたんだよ」

「そうかい、偶然ってのはあるもんだねぇ」

「しかし、寒いですねぇ」

「そうだねぇ」

「いやいや。あははは」

なかなか切りだせない。

「あれ、このお茶、なんですか？」

お蔦がいれたお茶をひと口飲んでお高は声をあげた。

「焚火《たきび》みたいな味がする」

徳兵衛が目を白黒させる。

「面白いだろ。なんでも、京の方じゃ、番茶と言ったらこれなんだそうだ」

お蔦がにっこりとする。

「さすがに京の味だ。最初は驚いたけど、なんだか癖になりそうな味ですね」

惣衛門がうなずく。

「甘いものがほしくなるだろ。羊羹《ようかん》を切るよ」

お蔦が羊羹を切って塗りの銘々皿《めいめいざら》に出した。

口の中が燻たくなるような京番茶はねっとりとして甘味の強い羊羹とよく合う。

「こりゃぁ、いいねぇ」「ほんとですねぇ」「どこで手に入れたんですか」「お稽古に来ている人が持ってきてくれたんだよ」とあれこれしゃべっているうちに座がなごんできた。

頃合いを見計らって、徳兵衛がひと膝乗り出す。

「ああ、それでね、ほかでもないんだけどねぇ……」

口火を切ろうとしたその言葉を遮《さえぎ》って、お蔦が言った。

「ひょっとして文太郎の居場所が分かったんじゃないのかい？」

「ええっと」

「ああ……」

「そ、そうですねぇ」

みごとに三人は出鼻をくじかれた。

「まったく、分かりやすい人たちだねぇ。三人そろってやって来て、顔を見合わせて何か言いたそうにしているんだもの。気づくに決まっているだろ。文太郎は何をしているんだい？　どうせ、あたしに言いにくいことなんだろ」

そこまで言われてはしかたがない。お高は見聞きしたことを話した。お蔦は黙って聞いている。河岸《かし》でごみ拾いをしていると言ったときは、鼻で笑った。

「とんだ、すねもんだ。それで、理由は言わないのか」

「はい」

「女といるわけじゃないんだね」

「それはないと思います。そんなふうには見えませんでした」

「まったく融通の利かない男だねぇ。よし、分かった。ひとつ、あたしが意見をしてやる。これからそこに連れて行っておくれよ」

「これからですか？」

お高はあわてた。

「なんだよ。あたしに会いたくないって言っていたのかい？」

「いえ。それはないですけど……」

「じゃぁ、いいじゃないか」

お蔦はすらりと立ち上がった。

「そういうわけだから、惣衛門さん、徳兵衛さん、申し訳ないけど、あたしはこれからお高ちゃんと文太郎に会ってくるから。詳しいことは、また明日だね」

「え、あ、そうかい？」

「そうですね。それがいいかもしれないですね」

すっかりふたりはお蔦の勢いに飲まれてしまっていた。

文太郎は河岸の近くの古い物置で寝起きしているという。戸の隙間《すきま》から小さな明かりがもれている。

「たいした稼ぎもないくせに、明かりの無駄遣いをする。まったく、そういうところが中途半端だ」

お蔦は厳しい調子で言うと、戸をたたいた。

「こんばんは。ちょっと、いいかい」

さきほどとは打って変わってやさしい声である。

「だれですかい」

くぐもった声が答える。

「あたしだ。蔦だ」

返事がない。代わりに片づけでもしているのか、ばたばたと人が動く気配がした。やがて、静かに戸が開き、文太郎のやせた顔がのぞいた。

「お蔦さんですか。いやぁ、よく、ここが分かりましたねぇ。びっくりしましたよ」

文太郎は少し顔をひきつらせて笑顔で挨拶をする。

「お高ちゃんから話を聞いてね、さっそくやって来たんだよ。入ってもいいかい」

有無を言わせぬ調子で戸に手をかける。すばやく足先をはさむ。こうなっては、閉められない。文太郎はあきらめた様子で、お蔦を招じ入れた。

火の気はある。火鉢にわずかだが炭が入っているのだ。しかし、隙間風がひどい。壁が隙間だらけなのだ。部屋の隅にたたんだ布団があったが、文字通りの煎餅《せんべい》布団で、側《がわ》が破れて、ところどころ綿がはみだしている。当の文太郎は何枚も着物を着て着ぶくれて、首には手ぬぐいを巻いている。これでは外と変わらない。朝には布団に霜《しも》が降りることだろう。

「寒くはないですか。この先に、まだ開いている店がひとつあるんですが」

遠慮がちに文太郎が言う。

「いいよ。無駄な金を使うことはないから」

お蔦がぴしゃりと言う。文太郎は首をすくめた。

文太郎はみじめな様子だった。月代《さかやき》は伸びきって無精《ぶしょう》ひげをはやしている。顔は垢《あか》じみて唇は白く乾いていた。

「まぁ、そこにお座りよ」

お蔦がうながす。

「そうだ。白湯《さゆ》でも飲みますか。少し、寒さが和《やわ》らぎます」

また、火鉢の鉄瓶に手をのばそうと腰をあげた文太郎をお蔦が制した。

「いいから、ここに座りなさい。あたしはあんたと話をしに来たんだ。お高ちゃんも、そこにいてくれ。話のなりゆきを見届けるんだよ」

お蔦の勢いに押されて、お高も壁を背に座った。

「あんた、いくつになった」

「二十五です」

「いい大人だねぇ」

「まったくです」

文太郎は肩を落とす。

「書けなくなったたって聞いたけど……。それで、あちこちに迷惑をかけたんだろ」

「申し訳ないことをしたと思っています。でも、書きたい気持ちはあるんですよ。毎日、こうして筆をとるんですけど書けないんです」

正座の膝が揺れている。

「あちこち金を借りているそうじゃないか。それはだれのためなんだい」

「それは、ちょっと……」

口ごもる。

「言いたくないんだったら言わなくていい。だいたいのことは分かるよ。博打か女か、儲け話か、理由なんかどうでもいいんだ。一度、金を借りると、どんどん増えるもんなんだ。金貸しから見たらさ、あんたなんか、いいカモだ。とことんしゃぶられる」

「あの、お蔦さん。文太郎さんのは、きっとだれかを助けるためだったんですよ」

お高は文太郎があんまりかわいそうで、つい口をはさんだ。

「そんなの人助けでもなんでもないんだよ。かえって傷を深くしただけだ。そいつは、あんたの力で立ち直ったのかい？　ありがとうって喜ばれているのかい？　もっと深いところに堕《お》ちたんじゃないのかい？」

「……その通りです」

小さな声で文太郎は答えた。

「そいつは今、どうしている。無事でいるのかい？」

「たぶん。風の噂では上方《かみがた》に行ったそうです」

文太郎はぽつりぽつりと語りだした。

「花菱瓶之介《はなびしかめのすけ》っていう物書きです。私は萬右衛門さんのところでその男に会って、その人の口利きで、あの読本を出してもらえることになったんです」

瓶之介はそのころ、有卦《うけ》に入《い》っていた。出す本、出す本、よく売れて金が入った。だから、調子にのった。年増女といい仲になった。ところがその女には情夫《いろ》がいた。相手の男から金をゆすられるようになった。

「瓶之介は女と離れられない。私は瓶之介と縁を切れない。瓶之介の借金の保証人になったので、私のところにも取り立てが来るようになった……」

気がつくと、文太郎は何が何だか分からなくなっていた。昼も夜も借金取りがやって来て、戸をたたく。仕事などできるはずがない。一日じゅう、どうやって金を工面するか考えてばかりいた。

「それで、今はどうなんだい。まだ、取り立ては来るのかい？」

「いや。さすがにもう、来ませんね。とにかく、こんなふうになってしまいましたから、少しずつ返すという約束をしています」

「どうせ利息だなんだと、勝手に上乗せした金だろ。馬鹿正直に返すことなんかないよ。まったく、おめでたいねぇ」

お蔦にぴしゃりと言われて、文太郎はうなだれた。

「『悪《わる》』にも上中下とあるんだ。目先の欲に踊らされて大事な金づるを枯らすのは下の下だよ。上のほうなら、瓶之介や文太郎を上手に転がすことを考える。そういうやつにつかまったら、最後さ。本当に怖い。あんたは運がいい」

「そうでしょうか」

「そうさ。山代屋に累《るい》が及ばなかっただけでも、儲けもんだ。いや、よくやった。それはほめてやる」

初めて文太郎はほっとしたように息を吐いた。

「そんな情けない顔をするんじゃないよ。ほら、涙をふきな」

お蔦は懐から懐紙《かいし》を取り出すと、文太郎の顔をふいた。

「嫌だよ。こんな汚れていて。あんた、ちゃんと顔を洗っているのかい」

文太郎が首に巻いていた手ぬぐいを濡《ぬ》らして顔をふき、髪を整えてやる。文太郎は小さな子供のようにされるままになっていた。

その様子をながめながら、お高は作太郎のことを思っていた。

詳しいことは分からないが、作太郎が今のように絵を描かず、英《はなぶさ》にも戻らないのは、友達である森三の死と関わりがあるらしい。文太郎と同じように、手助けしようとしたことが仇《あだ》になったのだろうか。

「それで、これからどうするんだい？　いつまでも、ここでごみを拾っているわけにもいかないだろう。いっそ、家に帰るか」

「いや、それはできません。それだけはないんです。私は金輪際《こんりんざい》、山代屋の敷居はまたがないと家を出て来たんです」

文太郎は顔を上げた。

「ふん。つまんない意地を張りやがって。じゃぁ、聞くけど、あんた、まさか、自分の力だけで読本が売れたり、戯作の話が来たと思ってるわけじゃぁないよね」

お蔦が強い調子で言う。

「『恋文百篇』が出たとき、あんたのお父さんはあちこちの本屋で何十冊って買って、知り合いに配ったことは、知っているのかい？　買ってくれる人がいるから本屋も目につく、いい場所においてくれるようになった。そういうことが重なって、少しずつ売れるようになったんだ。川島一座のこともそうだよ。川島一座の座長は昔っから、山代屋のお得意さんじゃないか」

文太郎はぴくりと体を動かした。

「お父さんはね、『息子が書いたんです。一度読んでみてください』と頭を下げたんだ。あのお父さんだよ。めったなことじゃ、人に頭を下げない、あの山代屋の旦那がだよ。物知りで切れ者で、いつもみんなににらみを利かせている。あの旦那も息子のことになると、甘いんだねって陰口をたたかれても、それでもかまわず頭を下げた。あんたがかわいいからだよ。一人前になってほしいからさ。そのことは、分かっているだろうね」

みるみる文太郎の頬が赤く染まった。

「あんたは、いいものをたくさん持っている。だから、あたしは力を貸した。藤若堂だってそうさ。『恋文百篇』はよくできた本だ。それはあんたの力だよ。だけど、あんたひとりが頑張ったって、だめなんだよ。売れる本になったわけじゃない」

お蔦はやさしい目をして諭《さと》すように言った。

「あんたの本当の仕事は山代屋を守ることだよ。あんたは、おぎゃあと生まれてきたときに山代屋の身代を背負うことに決まったんだ。あんただけじゃない。みんなの幸せなんだよ。そう思うだろ」

文太郎は口をへの字にして黙っている。お蔦も文太郎を見つめている。そのまま時が止まってしまうのかと思ったとき、文太郎はのどから絞り出すような声で言った。

「分かりました。親父に詫《わ》びを入れ、家に戻ります。迷惑をかけた藤若堂の萬右衛門さんや川島一座の座長にもあやまります」

「そうだね、そうするといいよ」

　お蔦は言った。

　お蔦とお高は文太郎の小屋を出た。鋼《はがね》のような色をした空に星が鋭く瞬《またた》いていた。道は白く凍っている。

「寒いねぇ」

　お蔦が言った。その息が白い。

「だれでもね、一度や二度は、決まった道をはずれたくなるものなんだ。だけど、脇の道にはずれてうまくいくことは少ないね。よっぽどの運と才と本人の覚悟がないとさ」

　つまり、文太郎にはそれがなかったということか。

　ふと、作太郎の顔が浮かんだ。

　作太郎にはその運と才と覚悟があるだろうか。

　脇道にそれたまま、迷っているだけではないのか。

「本人が決められないなら、だれかが引導を渡してやらなきゃならない。そうだろ？」

　お蔦がお高の顔を見た。

「あんたが思っているほど、人は強くないんだよ。ときには、心を鬼にして突き放すことも必要なんだ。そのときは、恨まれてもさ」

自分に言い聞かせるようにお蔦は繰り返した。

丸九に『桃水』と名乗る見知らぬ男が現れたとき、お蔦は驚き、おろおろと心配するだけだった。だが、今は違う。自分がなすべきことを知って、その通りに動いた。賢く、強い人だ。うらやましいほどに。

いつの間にかちらちらと粉雪が舞ってきた。

お蔦がだれかに引導を渡したのは今夜が初めてではないような気がした。それはいつのことなのか。そう考えて、はっとした。もしかしたら、山代屋の主、その人に対してだったかもしれない。

相手のことを思って、憎まれ役になる。辛《つら》いことだがお蔦ならそれができる。

自分だったら、どうだろう。

そんな日が来るのだろうか。

お高は切なくなって、こぶしを強く握った。

「ずいぶん、厳しいことを言っちまった。かわいそうにねぇ。応《こた》えただろうねぇ」

お蔦の声が湿っている。

「何年かたってさ、あの子が立派な山代屋の主になったとき、今日のことを振り返って、ああ、そんなこともあった、懐かしいなあって思ってくれたらいいねぇ。そうしたらさ、そのときは、今日のあたしのことも許してくれるかねぇ」

「もちろんですよ。きっとそうなります。文太郎さんは賢い人だから。お蔦さんの気持ちを、ちゃんと分かっていますよ。だから、山代屋に戻る決心をしたんですよ」

お高は言った。提灯の明かりを受けてきらめく粉雪が少しにじんだ。


翌朝は快晴だった。

早朝、お高が起きたとき、あたりは雪と霜で白く染まっていたが太陽が昇るとあえなく溶けて消えた。軒から下がったつららが、ぽとぽとと音をたてて落ちて地表に小さなくぼみをつくった。

昼を少し過ぎたころ、惣衛門、徳兵衛、お蔦がそろって丸九にやって来た。すでに話は伝わっているのだろう。お蔦は晴ればれと、惣衛門と徳兵衛も明るい顔をしている。

「今日は、渡り蟹の鍋煮です。油でさっと炒《いた》めて酢醤油《すじょうゆ》のたれをからめます。ほかには豆腐の煮物、ごぼうのみそ汁にたくわん漬け、ご飯。甘味《かんみ》はあずきのぜんざいで、特別に黒豆も入っています」

お近が大きな声で伝えた。

「ほう、渡り蟹ですか。いいですねぇ」

惣衛門が目を細める。

「この季節は蟹ですよ。『蟹山伏』っていうのもありますからね。蟹はね、自分の甲羅に似せて穴を掘る。自惚《うぬぼ》れちゃだめなんです」

「この前、ほかのお客さんに教わったことじゃないですか」

徳兵衛の言葉をお近がすかさず切り返す。

「おや、うっかり。蟹だけに爪（詰め）が甘かった」

頭をかいた。どうやら、このひと言のために蟹山伏を出したのか。厨房にいるお高はくすりと笑う。

「蟹は脱皮をして大きくなるんですよ。大きくなったら、穴も大きくすればいいんですよ。楽しみじゃないですか」

物衛門が続ける。

「その通り、その通り」

店のどこからか声がする。

穏やかな明るい日差しが店の中に満ちていた。

第三話　しあわせ大根

一

その朝、八百屋が持ってきたのは、よく太った立派な冬大根だった。緑の葉はわさわさと音をたてるほど大きく、新鮮なものにしかないとげが指にささった。根は白くつやつやと光って、はちきれそうなほどだ。

「いい大根だろ。うまいよ。煮物、漬物なんでもありだ」

いい品物のときは八百屋もうれしそうな顔になる。

さっそくお高が包丁を入れると、さくりと音をたてた。

「ほう、いい音だ。あたしも、昔はこれぐらい張り切った太ももをしていた。今はすっかりしなびて情けないほどだ」

お栄が言うと、「朝からなにを言っているの」とお高に笑われた。

お栄は今年四十九だ。腹まわりは太いのに、なぜか脚の肉がずいぶん落ちてしまっている。

「お近、あんたもね、柳腰《やなぎごし》がどうのなんて言わないで、ちゃんと食べなよ。どうせ、年とったらみんなやせてしなびるんだから」

お栄は野菜を洗いに井戸端へ向かうお近の背中に声をかけた。

「食べてるよ。それに、あたしはしなびたいんじゃないの。ほっそりしてきれいになりたいの」

お近は口をとがらせ文句を言った。このごろのお近はやせたい病にかかっている。今まで、お代わりをしていたご飯を半分に減らし、おかずもあまり食べない。

それは、例のとんぼ返りの若者と関係があるらしい。お近は相変わらず、若者を追いかけて、毎日、あちこちの大通りや神社の境内《けいだい》をめぐっている。若者は顔が小さく手足が長い。頭に花をつけて踊るのは若者の姉と妹で、若者と同様顔が小さく手足が長い。お高から見たらお近は十分ほっそりしている。細すぎると思うくらいだが、まだ太っていると思うらしい。

「親からもらった体なんだから、飯を減らしたぐらいで変わらないよ」

お栄はさらに声をかけた。

「そういうことは、若い子に言っても無駄よ。ねぇ、みそ汁の具にするから千六本にしてくれる？」

お高に頼まれて、お栄は「よしきた」と包丁を取り上げた。まな板の上で大根を二寸足らず（四～五センチ）の長さに切ってから縦に薄く切り、さらに繊維に沿って細い棒状に切る。これが千六本である。

「なんで、千六本って言うの？」

お近がたずねた。

「千六本というのは当て字だよ。唐《から》の国で細切り大根を『繊蘿蔔《せんろふ》』と言うんだよ。それが、日本に伝わって千六本と言われるようになったんだ。まぁ、これは旦那さんから教えてもらったんだけどね」

「へぇ、いいことを聞いた。徳兵衛さんに『お近ちゃん、千六本の意味を知っているかい』なんて聞かれたら、答えてやるんだ。どうせ、あたしが知らないと思っているんだろうから、驚くよ」

お近はうれしそうな顔をした。

その日の献立《こんだて》は、鯖《さば》のみそ煮と青菜の和《あ》え物、大根と揚げのみそ汁に漬物、白飯、甘味《かんみ》は白玉《しらたま》の黒蜜《くろみつ》がけである。

昼近くなると、いつものように惣衛門、徳兵衛、お蔦がやって来て、お近が膳《ぜん》を運んだ。

「ほう、大根の千六本ですな」

惣衛門が言う。

——お近ちゃん、千六本の意味を知っているかい？

徳兵衛あたりがたずねてきそうだ。お近は身がまえた。

「お近ちゃん、大根は上の方と、真ん中と下の方じゃ味が違うのは知っているかい？」

あれれ、しまった。

あてがはずれたお近は困った顔になる。

厨房《ちゅうぼう》からその様子を見ていたお高はしょうがないなと思いながら笑ってしまう。この前教えたばかりなのに、どうやら忘れてしまったようだ。

大根は上の方が甘く、先にいくにしたがって辛味が強くなる。

だから、ぴりりと辛い大根おろしに使うなら、先の方だ。

真ん中は煮るとやわらかくなるから、風呂《ふろ》吹き大根などの煮物に。

上の方は甘味があってみずみずしい。一夜漬けにしたりする。

徳兵衛に教えられたお近は、肩を落として厨房に戻って来た。

「あんた、この前、教わったばっかりじゃないか」

お栄が言う。

「そうなんだよ。聞いているうちに思い出した。ほんとに、あたしはざるだね。右から聞いて左から忘れる」

「大丈夫よ。もう、今度は忘れないでしょ」

お高にそうなぐさめられていた。


そのとき、新しいお客が入って来た。お栄の友達のおりきである。いっしょにいるのは、最近親しい男で、鴈右衛門《がんえもん》という。数年前まで、日本橋で煙草《たばこ》入れ、それも値の張る、凝《こ》ったものばかりを並べている店の主《あるじ》だった。今は、店を息子に譲って、自分は神田《かんだ》でひとり暮らしをしている。年は六十八と聞いた。禿頭《とくとう》に丸い体、穏やかそうな細い目をしていた。

お栄が膳を持っていくと、おりきは晴れやかな笑みを浮かべた。

「鴈右衛門さん。この人が、さっき話したでしょ。お栄さん。あたしの古い友達で、もう、なんでもみぃんな知られてる」

含み笑いで鴈右衛門を見る。

「はは、そうかい。これからも、おりきさんをよろしく頼むね」

鴈右衛門は鷹揚《おうよう》に答えた。

海老茶《えびちゃ》の着物は結城《ゆうき》だろうか。糸の奥のほうから光が出ている。着慣れて体になじんでいる。一方、おりきのほうは新品の紬《つむぎ》である。同じく結城であるらしい。雁右衛門に買ってもらったのだろうか。少し前はもっぱら古着屋で買っていたからずいぶんな出世だ。

「ああ、鯖のみそ煮か。いい味だねぇ」

雁右衛門が箸《はし》をすすめる。

「そうねぇ。鯖に脂がのっているのね。でも、もう少しみそが甘いほうがよくないかしら」

おりきは店の味に文句をつける。

どうやら、分かっているふうを装いたいらしい。男の前で分かりやすい見栄《みえ》を張るのがおりきである。

――まあ、うまくおやんなさい。

お栄は心の中でつぶやく。

おりきはお栄が二度目の亭主のもとから逃げ出して、居酒屋で働いていたときの朋輩《ほうばい》だ。それ以来だから二十四年の付き合いになる。目じりがきゅっと上がったきつね顔で、頬がふっくらしているから年よりも若く見える。そのことは自分でもよく分かっていて、着物も髪型も若作りだ。

おりきは二十も年上の小間物屋《こまもの》といっしょになり、おかみとして働く一方で生《な》さぬ仲の三人の息子とも仲良くして、十年ほど前に小間物屋が死ぬと小さな店を出させてもらった。

店はほどほどに流行《はや》り、おりきは相変わらずにぎやかに、あちこちの男と酒を飲んだり、出歩いたりしている。

厨房に戻ると、お近が言った。

「今度は、あの人かぁ。お栄さんに男を見せびらかしに来たんだね」

「そうか。それで来たのか」

丸九は一膳めし屋だ。そこに男連れで来るのはどういうわけかと、内心首を傾《かし》げていたのだが、お近の言葉で合点した。

少し前、おりきは糸問屋の時蔵に夢中になっていた。おりきと時蔵、お栄の三人で酒を飲んだら、時蔵はお栄を気に入った。そのとき、おりきはお栄にひどく腹を立てたのである。

「これで帳消し。気にしてないからって、ことか」

店に入って来たとき、お栄に向かってにっと笑ったおりきの顔を思い出し、お栄はひとり笑いをする。

二、三日して、お栄はおりきに酒でも飲もうと誘われ、近くのそば屋に行った。

鴈右衛門の話を聞いてほしいに違いない。

板わさなどを頼んで、酒にする。

「それで、どこで知り合ったんだよ」

お栄がたずねると、おりきはうれしそうな顔をした。

「芝居を観《み》に行ったら、たまたま隣に座ったんだよ。向こうもひとりで、だれか話し相手がほしかったんだね」

贔屓《ひいき》の役者が同じだったことで話が合って、「どこかでまたお目にかかりましょう」と別れた。

「そしたら、二日後、店まで芝居に誘いに来てくれたの」

それから、毎日のように会うようになった。

雁右衛門は十五年ほど前に女房を亡くし、長男が店を継ぎ、次男は養子にいき、ふたりの娘も片づいている。昔傷めた足を少しひきずっているが、そのほかはいたって元気で、食も太いし酒も好きだ。年こそいっているが、まだまだ色気を捨てる気のないおりきと付き合おうというのだ、気も若いに違いない。

「隠居所っていっても、結構広いんだ。部屋が三つ、四つあって、おまけに内風呂もある」

おりきは内風呂というところに力をこめた。

江戸で内風呂があるのは結構なお大尽《だいじん》である。ふつうは湯屋《ゆや》通いをする。

「内風呂っていいもんだよ。一度、内風呂に入ると、もう、だれが入ったか分からない湯屋なんか、気持ち悪くて行けないね」

調子づいておりきは言う。

「じゃぁ、あんたは、今はその隠居と暮らしているのかい」

「ううん。まだ、一緒に住んでいるわけじゃないよ。ときどき行って、酒の相手をするだけ。女中がいるからね、掃除や洗濯はその人がする。あたしは何にもしなくていいんだよ」

「はあ。女中さんもいるのかい」

お栄は感心した。風呂があって女中がいる。相当な分限者《ぶげんしゃ》だ。

「じゃぁ、あんたはお内儀ってわけだ。あたしとは別の世界の人になっちまうんだね」

「そんなこたぁないよ。これからも、あんたとは仲良くさせてもらうよ」

おりきはゆったりと笑った。長く付き合っているが、こんなふうに穏やかに笑うおりきを初めて見た。きっと、心から満たされているのだろう。

「でね、暖かくなったらね、形ばかりでもお披露目《ひろめ》をしたいって言うんだよ」

お栄は目を丸くした。

「はあ、こりゃぁ、また……三々九度の盃《さかずき》を交わすのかい」

「いやあねぇ。今さら、そこまではしないよ。だけど、一応、決まりのことはしたいって」

「いいのかい？」

「なにが」

「いや、その息子とか娘とか、親戚《しんせき》とかさ。そっちのほうから文句は出ないのかい」

年とった父親のところに、自分とたいして年の変わらない女が出入りするのは、子供としてはどんな気持ちがするものなのだろう。死んだお母さんがかわいそうとか、財産狙《ねら》いだとか、あれこれ反対をされると聞く。

「その点は大丈夫なんだよ。息子も娘も、そういう人がいてくれたほうが安心だって言っているし……。それにあたしは自分の店があるだろう。こう言っちゃなんだけど、金に困っているわけじゃないんだ。財産狙いだなんて言わせないよ」

自分の店というのは前の亭主が死んだとき、おりきの暮らしが立つようにと息子たちが出してくれた小間物屋だ。間口の狭い小さな店だが、商才のあるおりきはその店を上手に流行らせた。どういう話になっているのか分からないが、別の男と暮らすことになっても、店はそのまま手放さずにすむらしい。

「ああ、あたしほどの果報者はいないね。やっぱりさぁ、お金って大事だよ。もう、この年になったら貧乏するのは嫌だね。金のない男とは付き合いたくない」

酒の酔いで頰《ほお》を染めたおりきはうっとりと目を細めた。

「そうだねぇ。あれこれ言ってもさ、雨風をしのげる家があって、飯を食えるっていうのは大事だよ。しかも女中に内風呂までついている。いい人に巡り会えてよかったよ。大事にしなよ」

お栄も思わずしみじみとした声になった。

「ね、昔、あたしたちが居酒屋で働いていたころ、よく来たひげのじいさんのことを覚えてないかい？　辻占《つじ》いをしているって言ってた」

おりきが突然、思い出したように言った。

「そんな人、来てたかねぇ」

ふたりが居酒屋で働いていたのは、もう二十年以上も前の話だ。

「そのじいさんに言われたんだ。『小金を貯《た》めなさい。そうすれば、今までとは違う男が現れる。そいつはあんたを幸せにする男だ』って。それから、あたしは少しずつ金を貯めることにしたんだ」

そのころのおりきは顔のいい男が好きだった。金がなくても、薄情でも、浮気者でも、顔がよければおりきは夢中になり、そういう男たちとくっついたり、別れたりしていた。

「三月《みつき》ほどして箱の中を見たら、かんざしのひとつも買えるくらいの金が貯まっていた。せっかくだから、このままもう少し貯めてやろうと思っていたとき、岩《いわ》さんが店に来るようになった。なぜだろうね。あたしはそのとき、この人だって思った。顔も悪いし、年もとっていたのにさ」

岩さんとは亡くなった亭主のことだ。岩さんに出会ってからおりきは男に泣かされることも、借金に苦しむこともなくなった。

「あの占い師に出会わなかったら、今ごろあたしはどうしていただろうねぇ。考えるだけでぞっとするよ」

「そうだねぇ」

お栄はおりきが夢中になっていた男たちの顔を思い浮かべながら、酒を飲んだ。

「そういや、相撲取りがいたね。年は五つ六つ下だった」

「嫌だ。あんた、そんなこと、まだ覚えているの？」

おりきはぶつ真似《まね》をした。だが、懐かしむようにおりきはその男の話をはじめた。

色白で肌のきめが細かくて、五月人形のようなきれいな顔をしていた。四股名《しこな》は小磯川《こいそがわ》だった。それはその男のふるさとの近くを流れる川の名前だという。

「気持ちのやさしい、いい男だった。あたしが財布を落として、それを拾ってくれたのが縁で仲良くなった」

おりきは別れた男たちのことを悪く言わない。それがおりきのいいところだ。小磯川は相撲取りとしては小兵《こひょう》のほうだった。ふるさとでは大男だったのかもしれないが、江戸にはその程度の男はたくさんいたということだ。

惚《ほ》れたとなったら損得抜きで、とことん尽くすのがおりきである。浴衣《ゆかた》を誂《あつら》えたり、小遣いをやったり、あれこれ世話を焼いていた。取り組みがある日ともなれば、おりきは朝からそわそわして「勝ってくれたかねぇ」などと心配していた。それほど気にかけていても、おりきは小磯川の晴れ姿を目にしていない。女は相撲を見られないのだ。

小磯川のほうも純なところがあって「姉《あね》さんがいるから俺は相撲に邁進《まいしん》できる。姉さんに勝ち星を見せてご恩に報いたい」などとかわいいことを言っていた。

一心不乱に稽古《けいこ》に励み、まわりも期待するのだが、初日から上手投げで転がされ、翌日は寄り倒しで尻餅《しりもち》をつき、その翌日は突き落としで顔から落ちるという具合でいいところがない。稽古のときは強いのだが、勝負になると勝てないのだ。とうとう親方に引導を渡された。

「田舎《いなか》に帰ったんだっけ？　力があるから、畑仕事にはいいだろうね」

お栄の言葉におりきは少し淋《さび》しそうな顔をした。

「それが帰らなかったんだよ。故郷に錦《にしき》を飾りたいなんて大きなことを言って出て来たから、帰りづらかったのかもしれないね。意地もあるだろうしね。親方の世話で、料理屋で働くことが決まった。仕事を覚えて、いつか自分の店を持ちたいなんて言ってさ。そのときは、まだ声にもはりがあって目にも力があったけど、続かなかったらしい。もともとあんまり器用なほうじゃないからね」

「そのあと、どこかで会ったのかい？」

お栄はたずねた。

「また、半年ぐらいしてね。今度は、大工の手伝いをしていた。箒《ほうき》持ってそこらを掃いてたよ。若いやつに邪魔だって怒られながら」

「そうか。大工は十二、三で弟子になって、掃除したりしながら仕事を覚えていくんだろ。大人になってから、修業のやり直しじゃ大変だよ」

「うん。なまじ体が大きいから、何をやらせても目立つんだよね。ぐずぐずしているとか、のんびりしているとか思われる。もうとっくに小磯川じゃなくなって、元の六平《ろくへい》に戻っているのに、あの人は何も変わらなかった。顔はやっぱり五月人形なんだよ。肌は白くて、つるんとして。だけどどこかくすんでいるんだ。あたし、悲しくなっちまった」

「穏やかで、気持ちがやさしくて、付き合うにはいい男だったけどねぇ。勝負師には向かないか」

小磯川は飯を腹いっぱい食べさせてやると言われて相撲取りになった。結局、うまくいかなくて、料理屋に。そこも務まらなくて、今度は大工になった。

大工は職人の中では花形だ。火事の多い江戸の町では仕事がいつでもある。手間賃もいいし、棟梁《とうりょう》ともなれば一家をなす。なり手が多いということは、競争も激しいということだ。先へ先へと気を回し、親方や先輩に気に入られなければ将来がない。そういう要領のよさは持ち合わせていなかった。

「自分じゃ気がつかなかったけど、あたしは結構長い間、ながめていたんだねぇ。向こうも気がついて挨拶《あいさつ》を返してきた。仕事が終わってから飯を食わせた。毎日、腹がすいて辛《つら》いって言うからさ……。下っ端だから食事はいつも先輩たちが食べた後だろ。汁も飯も残ってないって言うんだよ」

「かわいそうにねぇ」

「しかたがないから金も渡した」

「そんなことまでしたのかい」

「たいした額じゃないよ。そんときはまだ、居酒屋にいたんだから。たまたま、客からもらった金があったんだ」

「さすが、おりき姉さんだ。あたしにはできないよ」

お栄は感心しておりきの顔を見た。調子がよくてわがままで、自分勝手なところもあるが、情が深くて気風《きっぷ》がいいのがおりきである。

おりきはお栄と自分の盃に酒を注ぎ、しばらく黙った。

その後もおりきは何度か小磯川に会う。小磯川は少しずつ職を変えて、ついには土方になってもっこをかついで土を運んでいた。

「悪いことは言わないから、田舎に帰りな。恥ずかしいのは一時《いっとき》だよ。あんたが思うほど、まわりはあんたのことを気にしちゃいないから。わずかな金に釣られてやくざの用心棒になんか、なるんじゃないよって説教をしたんだけどね」

「金を渡したんだろ。あんたがそうやって妙な情けをかけるのもよくないよ。そういうのを世間じゃなんて言うのか知っているかい。年増女の深情け」

「あはは、そうだよねぇ。突き放してやるのも、そいつのためだよね」

それからふたりは、しばらくそれぞれの思いにひたった。

おりきが易者に会ったことで自分の運命を変えたのなら、お栄は丸九で働きだしたことで運が開けた。

十五年ほど前のことだ。たまたま、道を歩いていたら一膳めし屋の看板が目にとまった。新しい店らしかった。いい匂《にお》いがして、中をのぞくと若い男が膳を運んでいる。

お栄はしまり屋だから、外で飯を食べることなどめったにない。居酒屋に行けばまかないが出る。昨夜の残りがおかずになるのだ。

だが、なぜかその日にかぎって店に入る気になった。値段は少々高かった。それなのに、出て来たのは目刺しを焼いたものと、風呂吹き大根、油揚げと青菜のおひたし、それにしじみのみそ汁とご飯と漬物だった。

しまった、失敗したと心の中で舌打ちした。

だが、ひと口食べて目をみはった。思っていたのと全然違う味がした。

目刺しはこんがりと焼けて、ゆでた青菜はしゃきしゃきしていた。しじみもいいだしが出て、ご飯もつやつやでやわらかい。

とくに、大根がおいしかった。二寸（約七センチ）ほどもあるのに、中までだしの味がしみていた。上にのっているみそも香ばしかった。

膳を運んでいる若い男にたずねた。

「この風呂吹き大根には、何か特別なものが入っているのかい」

男は不思議そうな顔をした。

「ふつうのつくり方だよ。米のとぎ汁で下ゆでして、それからだしで煮る。だしはかつおだね。味つけは醤油《しょうゆ》と砂糖と酒が少し」

「じゃぁ、かつおだしがいいんだね」

「まぁ、こういうめし屋にしちゃぁ、贅沢《ぜいたく》にかつお節を使っているよ」

男は少し得意そうな顔をした。

居酒屋に行くと、まかないは大根の煮物だった。何度も煮返しているせいか妙にしょっぱくて、しかも魚臭い。いわしを煮た鍋《なべ》をよく洗わないで使ったのかもしれない。

大根の煮物ひとつでも、こんなに違うんだ。

お栄はふと顔を上げて辺りを見回した。

店は古く、壁や柱は汚れで黒ずんで、隅には埃《ほこり》がたまっている。働いている者たちの顔は一様に疲れて、どんよりと物憂げな目をしていた。

きっと自分も同じような顔をしているに違いない。

そう思ったら、がっかりした。

居酒屋で働きはじめて八年が過ぎていた。ただなんとなく、日々をやり過ごしているだけだ。だが、大根だって煮方ひとつであんなに味が変わるなら、自分だってなんとかなるのではないか。別の生き方があるかもしれない。

翌日、昼過ぎにまた同じ一膳めし屋に行った。厨房にいた主らしい男が出て来た。上背《うわぜい》があって、強い目をしていた。恐ろしそうに見えたが、お栄は勇気を出して思っていることを言葉に出した。

「あたしをここで雇ってもらえないだろうか。体は丈夫だし、居酒屋にいるから膳を運んだり、勘定をもらったりするのは慣れている。役に立つよ」

「あんたは仕事を探しに来たんだろ。その口のきき方は何とかならんのか」

男が苦笑いして言った。お栄はしまったと思った。

奉公していたときは、もう少しましな言葉遣いをしていた気がする。最初の亭主は染物屋で舅《しゅうと》も姑《しゅうとめ》も乱暴な職人言葉を使っていたし、次の亭主は指物師《さしものし》だ。そこから逃げて、今の居酒屋である。ていねいな物言いをすっかり忘れてしまっていた。

「ああ、悪かったねぇ。そうだね。これから気をつけます」

お栄は素直に答えた。

「まぁ、いいさ。あんたは正直そうだ。正直なのが一番だ。料理は嘘《うそ》をつかないからね。こんなもんでいいやと思ったら、それがすぐ表れる。自分が気づく、仲間が気づく、お客が気づく」

「はい。分かりました」

「うん。それでいい。明日から来れるかい？」

やさしい声でたずねた。

それが丸九の主の九蔵。お高の父親だ。

九蔵はお栄に言葉遣いだけでなく、茶のいれ方、器《うつわ》の扱いを教えた。雑巾はちゃんと洗って干せば臭わないことを、初めて知った。

それはお栄の生き方を変えた。

気持ちよく過ごすというのは、どういうことか学んだのだ。

あの日、お栄が丸九の前を通らなかったら。店に入らなかったら。九蔵に雇ってくれと頼まなかったら……。きっと今とは全然違う人生を歩いていたことだろう。

「ほんのちょっとしたことで、人の運命っていうのは変わっちまうんだねぇ」

お栄はしみじみと言った。

「そうだよ。分かれ道っていうのがあるんだよ。右に行くか左に行くか、そこを間違えちゃだめなんだよ」

言いかけたおりきの言葉が止まった。

視線の先に男がいた。大きな体に四角い頭、よどんだ目をしていた。年は四十半ばか。全身から、貧しさがにじみ出ているような感じがした。

おりきの目が釘《くぎ》づけになっている。どこかで以前、会ったことがあるのだろうか。

もう一度ながめて、はっとした。

むくんだ顔に不似合いなまっすぐな鼻に見覚えがある。すっかり面変《おもが》わりして、かつての五月人形の面影はないが小磯川、いや、六平である。

いっしょにいる男は顔に切り傷がある。やせて青白い顔をしていた。六平たちは少し離れた席についた。酒が運ばれてくる。

「やっぱり六平だよね」

お栄は念を押す。おりきは顔を隠すようにうつむいたまま、うなずく。

勘定を払い、そっと席を立つ。

戸に手をかけて外に出ようとしたそのとき、遠慮がちな声がかかった。

「おりきさんじゃ、ござんせんか。六平ですよ。ご無沙汰《ぶさた》しております」

操《あやつ》られるようにおりきは振り返った。

「おや。めずらしいねぇ。こんなところで会うなんて」

おりきはしゃんと背を伸ばし、はっきりとした声で答えた。


半月ほどが過ぎた。

二月にはめずらしく風のない、穏やかな日だった。路地の先の梅のつぼみがふくらんで、小さな白い花をつけていた。

午後も遅くなって、もうそろそろ店を閉めようかという時間におりきが来た。後ろに六平がいる。

「悪いねぇ。こんな時間に。もう閉めるところだろ」

「あら、まだ、ご飯もおかずもあるから大丈夫ですよ」

お高が言い、奥の席に案内しようとすると、おりきが手をふった。

「ほかのお客に迷惑だから裏の方でいいよ。勘定は倍づけで払うから、白飯をたっぷり食わせてやってくれないか」

六平の着物は汚れて、しばらく風呂に入っていないのか体も臭った。爪の先は黒く染まっているし、髪にはふけが浮いている。

寒いからとお高が言ったが、六平はそれでかまわないと裏の井戸端に座った。

その日の膳はいわしの煮つけと風呂吹き大根、青菜の漬物とご飯、甘味は白玉に蜜をかけたものだ。

「いつから食べてないんだい？　お腹《なか》すいてるんだろ。全部、あんたの分だよ。ゆっくり食べな。ここの店はさ、おかずもだけど、白飯がうまいんだ。お代わりもできるんだよ」

おりきがやさしい声を出すと、六平は小さくうなずいた。

六平はどんぶりに山盛りにした白飯をかき込むように食べた。それで、少し落ち着いたのか、いわしに取りかかった。そこで二杯、汁をかけてさらに一杯。風呂吹き大根で一杯。大根の上にのったみそだけでもう一杯。

「腹も身の内だよ。まったく、よく食べるねぇ」

横で見ていたおりきは笑った。

お栄は、おりきの袖《そで》を引いた。小声でたずねる。

「あんた、あの男をどうしたんだよ」

「橋の横で寝てたんだよ。仕事にあぶれたんだってさ。しばらく水しか飲んでないって言うから、ここに連れてきた。ごめんね、あんなに食べるとは思わなかったよ。その分の勘定は払うから」

おりきは財布を取り出した。

「いいよ。決まりで。お高さんがそう言っているから」

お栄は金を受け取った。

さすがに腹がくちくなったのか、六平は地面に腰をおろすと、脚をのばしてぼんやりと空を見ている。

「仕事にあぶれたって、何をしているんだい？」

お栄はおりきに熱い茶をすすめながらたずねた。

「土方だってさ。この前、居酒屋で会った男がいただろ。あの男には町で声をかけられた。仕事を紹介するって言われたけど、夜中に来い、後から場所を教えるって言われて、怖くなった。金は飲んじまったから返せないしって、仕事場にも行けなくなってふらふらしてたんだって」

「そいつを拾っちまったのか」

「だって、目が合ったんだもん。捨てておけないだろ」

うとうとしていたらしい六平はひとつくしゃみをして目を覚まし、立ち上がった。

「ありがとうございやした。おかげで人心地つきました。恥ずかしながら、素寒貧《すかんぴん》で逆さに振っても何も出ねぇ。頭を下げるしか能がないんで」

六平は何度も頭を下げた。

「いいよ。分かったから。気をつけて帰るんだよ。この金はさ、男に返す金だ。飲むんじゃないよ。縁を切ってまじめに仕事しな」

おりきはそう言って、金が入っているらしい小さな紙包みを渡した。

六平は何度も頭を下げて出ていった。

「相変わらずだねぇ」

お栄はあきれておりきの顔を見た。

「四十過ぎてさぁ、あんな暮らししてて、ほんとうにどうするんだろうねぇ」

おりきは六平の出ていった先を見ていた。

それから何日かして、おりきが今度は鴈右衛門とやって来た。

「いや、この前ここで食べた鯖のみそ煮がおいしくてねぇ。なんで、あんなふうになるのかねぇ。好物の大根のみそ汁だってさ、上品なだしの風味で、忘れられなくなった」

鴈右衛門が膳を運んで行ったお高に言った。

「まぁ、ありがとうございます」

お高は礼を言った。

「この人がそう言うからまねしてみたんだけど、やっぱり違うんだ。包丁がいいのかねぇ」

おりきが言う。

「そればっかりじゃないよ。両国に英《はなぶさ》ってあるでしょ。役者だの物書きだのが贔屓《ひいき》にしている。この店をはじめたのは、その英の板長をしていた人。お高ちゃんは、その娘で親父《おやじ》さんからきっちり仕込まれた。だからさ、家で食べてるようなもんが出てくるんだけど、それがやっぱり料理人の味になっているんだよ。塩梅《あんばい》がいいんだよねぇ」

徳兵衛が話に加わる。

「こちらさんたちは、この店の常連さんで？」

「そうですよ。もう、毎日来ている。でね、この徳兵衛さんとお蔦さんと、よもやま話をして楽しんでいるんですよ」

惣衛門が言う。

「旦那さんもね、気が向いたらどうぞ、ふらりといらっしゃいまし。お仲間になりませんか」

お蔦も続ける。

「いやぁ、そりゃぁ、ありがたい。そう言っていただけると、うれしいねぇ。今日も、このおりきに連れてきてもらったけど、この人は店があるから忙しい。そう何度も付き合っちゃぁ、くれないんだ。わしはもう隠居だからね。ありあまるほど暇がある」

鴈右衛門は相好《そうごう》をくずした。

その日の献立は、大根おろしを添えた鰺《あじ》の干物に南京《ナンキン》（かぼちゃ）の煮物、あおさと揚げのみそ汁に香《こう》の物、甘味は寒天の黒蜜がけだ。

「今日は大根のみそ汁じゃなくて、おろしなんですね。いや、大根おろしも好きですよ。

大根どきの医者いらずって言うじゃないですか」

　贋右衛門が言う。

「そうそう。あたしはからみ餅が好きなんですよ。不思議とあれは、腹にもたれない」

　惣衛門が答える。

「はは。そうですなぁ」

　徳兵衛、惣衛門、お蔦の三人に贋右衛門が加わって話がはずんでいる。

　おりきがついとその場を離れてお栄の近くに来た。

「あたし、六平にまた会ったんだよ」

　ささやいた。

「まだ、橋の下にいたのかい」

「今度は空き家で寝てた。勝手に休んだから、土方の仕事も回してもらえなくなったんだって。だけど、それじゃぁ、乞食になるしかないじゃないか。しかたがないから、知り合いの石屋に口を利いて雇ってもらうことにした」

「仕事まで見つけてやったのかい。あんた、どこまで、世話を焼くつもりだよ」

「図体がでかいから、ふつうにしてたって目立つ。だから半端者に目をつけられる。体は丈夫なんだから働けばいいんだよ」

「まぁ、そうだろうけどさ。どこの石屋だよ」

「谷中の墓地の近くにあるの。六十近いおやじさんと、同じくらいの年の石工がふたりでやっている。石を運ぶのが辛くなってきたって言ってたから、六平がちょうどいい」

「ふうん」

お栄はうなずく。

石屋といっても庭石だの、石垣だのではなく、墓石のほうだ。

「手間賃は安いけど、まじめにやってれば仕事も教えてくれるって」

「それなら、まぁ、よかったよ」

お栄は答えた。

おりきは席に戻ると、あれこれと雁右衛門の世話を焼いた。

今日もふたりは上等の着物で、おりきは髪に珊瑚《さんご》のかんざしまで挿《さ》している。仲睦《なかむつ》まじく、楽しそうだった。

お客が帰って店を閉めて片づけになった。

お近はのんびりと器をふいている。

「あれ、今日は急がなくて、いいのかい？　とんぼ返りの芸人は田舎に帰ったのかい」

お栄が気づいてたずねた。

「まだ、しばらくこっちにいるよ。山の方は、まだ雪が積もっているんだってさ。けど、もういいんだ」

「どうしたの？　あんなに熱心だったのに」

お高がたずねた。

「ははぁん。ふられたんだね」

お栄が言うと、「そうじゃないよ」とお近は強く言い返した。

「昨日さ、あたし、竹造に誘われてそばを食べたんだ。いろいろ話をして……。あたしがいつも見に行っていること、最初から気がついていたんだって。うれしかったって。今日も来てないかって、いつも探してくれていたんだって」

「あれ。うれしいことを言ってくれるじゃないか。ほかには、どんな話をしたんだい」

鍋に残った煮物を皿に移しながら、お栄がたずねた。

「別に。もう少ししたら田舎に帰って畑をする。とんぼをきる勘が鈍るといけないから、毎日、稽古は続けるんだ。畑仕事をすると腹がすくけど、たくさん食べると体が重くなってとんぼをきれなくなるから、気をつけている。夏には村の祭りに出るから、もし、よかったら見に来てくれないかって言われた。祭りのこととか、決まったら文《ふみ》を出したいから在所を教えてくれとも」

「それって、これからもお付き合いしたいってことじゃないの？　よかったじゃないの」

明日の煮豆の用意をしながらお高は言った。

「だから、そういうのは嫌なんだよ」

お近が大きな声を出した。

「どうしてさ」とお栄。

「だって、お近ちゃんはその人のことが好きなんでしょ」

お高もたずねる。

「あたしが好きなのは、きれいなとんぼ返りをするときの竹造なんだ。田舎で畑仕事をしながら毎日とんぼ返りの稽古をしているとかいうことは知りたくなかった」

「じゃぁ、どうしたいんだよ。あの男にも毎日の暮らしがあるわけだろ。霞《かすみ》を食って生きているわけじゃあるまいし。まじめな気持ちがあるから、あんたにも、そういうふだんの暮らしを知ってほしかったんだよ」

お栄が諄々《じゅんじゅん》と説く。

「だからぁ、そんなことはいらないんだよ。別にあたしは、竹造や竹造の家族のことを知りたいとか、親しくなりたいとか、そういう気持ちはないんだ。ただ、逆立ちしたり、とんぼをきったり、そういうかっこいいところを見たいんだ。それで、こっちの胸がすうっとする。それでいいんだよ。あいつには、霞を食っている人でいてほしかった」

お高とお栄は顔を見合わせた。

「そんな無理難題を言われてもねぇ。向こうはふつうに、お近ちゃんと仲良くなるつもりだったんでしょ。お近ちゃんだって、少し前には田舎はどこだとかうれしそうに話していたじゃないの」

「だから、そのときは、あたしは自分がどうしたいのか分かっていなかったんだよ。こっちだって、がっかりだよ。そんなややこしいことを言われたら、とんぼ返りを見てもちっとも面白くないんだよ」

お近は口をとがらせた。

「まぁ、あんたの気持ちも分からないこともないけどさぁ」

お栄が言った。

二

お近とお栄が帰ってしばらくすると、裏の戸がたたかれた。

左官《さかん》の団吉《だんきち》の嫁のお国《くに》である。

「あの、今日、うちで集まりがあることを聞いてますか？　お高さんが来るから、食べ物のほうは心配しなくていいって政次さんに言われたんですけど……」

申し訳なさそうな顔をする。

「聞いていないわよ。今日はなんの集まりなの？」

「夏祭りの相談です」

「えっ、もう？」

「いろいろやることがあるから、遅いくらいなんですって」

お国が困った顔になる。

昨年、植木職人の草介が尾張《おわり》から帰って来たとき、幼なじみが集まった。ふだんは顔を出さないお高も席に連なり、行きがかりでありあわせのもので料理をつくって持って行った。政次は今度もお高の料理を期待しているのかもしれない。

「分かったわ。手がすいたら行くから。それで政次さんは料理のことを、なんか言ってぃた？」

「鯛《たい》を一尾持って行く。ほかに、わかさぎがあるから、それをちょっと焼いてくれって。あとは適当に煮物とか、なんかでって……」

その適当な煮物だって空から降ってくるわけではない。人数が多いから、それなりに手間がかかるのだ。

「あの、でも、煮物のほうはあたしたちがなんとかしますから……。お高さんには鯛のほうを……」

お国が言う。

「あら煮にしてほしいって？」

それなら大きな鯛の頭や骨についた身を醤油や砂糖で煮ればいいのだから、わけもないのだが。

「今日は寒いから潮汁《うしおじる》がいいって」

政次は注文までつけるのか。

「分かりました。それで、女の人も何人か来るの？　そしたら、お汁粉《しるこ》も用意するけど」

「お願いします」

お国の顔がぱっと明るくなった。

お高は鍋であずきをゆではじめた。大豆やいんげん豆はひと晩水に漬けるが、あずきはそのまま煮ることができる。砂糖をたくさん入れて甘くした。餅はお国のところで焼けばいいと、荷物にまとめた。

団吉のところに行くと、すでに夏祭りの相談のほうは終わったらしく、六人ほどの男たちが座敷に座って酒を飲みはじめていた。

「ああ、お高ちゃん、待っていたよ。悪いな」

政次がうれしそうな顔をする。隣の草介が軽く頭を下げた。

台所に行くと、団吉の女房のお国のほか、政次の女房のお咲《さき》がいた。

「すみません。うちの人が、いつも無理を言って」

お咲が申し訳なさそうな顔をした。

仲買人《なかがいにん》の政次が持ってきた鯛は形がよく、身が厚く、立派なものだった。

「さすがにいいものを持ってきたわねぇ」

お高は感心する。

お国やお咲が煮物を仕上げて座敷に運んで行く間に、お高は鯛のあらに粗塩《あらじお》をふった。しばらくおいてから熱湯に入れ、骨のまわりにある血や表面のぬめりなどを取る。いわゆる霜降《しもふ》りというひと手間だ。

あとはアクをひきながら昆布のだしで煮る。味つけは塩と酒が少し。鯛から出るうまみで十分なのだ。

「ああ、おいしい。あたしがつくるのと全然違う」

味見をしたお咲が目を細めた。

「人につくってもらうからおいしいのよ」

お高は笑った。

料理を持って座敷に行く。女たちも席について宴《うたげ》がはじまった。

「そういや、草介はこの前、英《はなぶさ》の仕事をしたんだってさ」

お高の方をちらりと見て、政次が言った。なんだか含みのある言い方だ。

「ああ、先代が植えたという桜があってね、その木の根が土台の方まで入ってしまった。このままじゃ、家を傾かせるかもしれないからと説明して、植え替えた」

英には二度ほど行ったことがある。庭には大きな木が何本もあった。おそらく、あのなかの一本のことを言っているのだろう。

「桜の根は強いから、建屋の近くに植えないものなんだけど、どうしてあんなことをしたのかなぁ」

草介が首を傾《かし》げる。

「ほかにも、素人《しろうと》が剪定《せんてい》してすっかり妙な形になっちまった松とかもあったんだってさ」

政次が酒を飲みながら言う。

松は小枝があらゆる方向に伸びているため、切る場所を見極めるのが難しい。見誤ると、一カ所からたくさんの数の芽が出て、形が大きく変わってしまうこともあるのだ。

「困ったなぁ。そんなふうに言うと、なにか、こっちに意趣があるみたいじゃないか。だいたい、施主さんの内情はよそでは話さないことにしているんだよ」

草介は渋い顔をする。

「だからさぁ、英みたいな料理屋が、季節ごとに植木屋を入れないなんて俺には考えられないよ。表向きは取り繕《つくろ》っているけど、中は案外大変なんじゃないのかぁ」

だから、作太郎はやめておけと言いたいらしい。

「それは、私とは関係がないことですから」

お高は横を向いた。

政次も草介も、ほかの男たちも朝の早い仕事なので、ほどほどのところで宴は終わる。政次とお咲、草介とお高の四人で帰った。お高もお咲も空になった鍋を抱えていた。

寒いが風のない、静かな夜だった。暗い空に星々がきらめいている。どこかで梅が咲いているのか、香りが漂ってきた。

「いい夜だな。俺はこの季節が一番好きだ」

草介が言った。

「そうか。俺は寒いのは嫌いだな。植木屋は冬が暇だから、いいんだろ」

寒そうに背中を丸めた政次が言う。

表通りに出ると、提灯《ちょうちん》を持つ人影が通り過ぎていった。提灯の明かりが足元を照らし、持つ人の顔は陰になっている。

「暇ってわけでもないんだよ。冬は庭にとっては大事なときだからさ」

草介が話を続けた。

「冬は葉が落ちて、それまで見えなかった木の姿があらわになるだろ。傷んだり、弱っていたりするのに気づくんだ。余分なものがなくなるから、本来の姿がよく見える。施主さんがああしたい、こうしたいって、あれこれ考えるのも冬だし、木や草は冬の間に力を蓄える。冬の間に肥料を仕込んで丈夫に育てるから、花が咲いて実がなる」

「そういうものなのね」

お高が応《こた》える。

「暖かくなると芽が出た、花が咲いた、虫がついたって日々の仕事に追われる。じっくりと今年一年、来年、十年先を考えるのは今なんだ」

「俺は一年じゅう、追われている」

政次が大きな声を出した。

「あちこち、お世話役で走り回っているからね。それで忙しいのよ」

お高の言葉に、お咲が「そうです、そうです。もっと言ってやってください」と言った。

前を歩く草介の背中は思いがけない広さがあった。それは、草介の成長というか、仕事のうえでの精進《しょうじん》を表しているように思えた。

考えてみれば、草介は子供のころから考え深いところがあった。

みんなが同じ方向に走りだそうというときに、本当はそっちじゃなくて、こっちの方へ行ったほうがいいなどと言った。お高はそういう草介を、少し気難しいというふうに感じていたところもあった。

だが、今になってみると、周囲に流されず、きちんと自分の考えを持っていたからだろう。地に足がついた男なのだ。

「お前、そんなふうにいっつも植木のことばっかり考えているのか」

政次がたずねた。

「そうだよ。それが仕事だ。いい庭をつくりたいんだ。いい庭は百年、二百年って続くものなんだよ」

「そのころ、お前は死んじまってるじゃねぇか」

政次が笑う。

「いいんだよ。木や草に命があるのと同じように庭にも命がある。植木屋はその命を守っていくのが仕事だ。昔の人の仕事を俺が引き継いで、それをもっと若いやつに手渡す。そうやって百年、二百年、もっと続くんだ。すごいと思わねぇか」

「そうねぇ。すごいことだわ」

お高は言った。

人の命は短いけれど、庭は人々に引き継がれ、大切に守られて続いていくのだ。

空気は冷たく澄んで、草介の低いけれど、よくとおる声が響いている。

今日という日が積み重なって、明日になる。草介は遠い未来を思い描きながら、今日という日を生きているのだと思った。

突然、大きな叫び声がして、路地から男の影が転がり出た。

「助けてくれ、助けてくれ」

続いて、数人の男たちの黒い影が追いかけてきた。

「おい、てめぇ、この落とし前をどうしてくれるんだ」

「このままですむと思うなよ」

怒声が響く。うめき声とともに、重たいものを殴るような鈍い音がする。

お咲が小さな叫び声をあげて、政次の背中に隠れた。お高も恐ろしさに体を固くした。

「やくざもんの喧嘩《けんか》だ。関わりになるな」

政次が低い声で言う。お高たちは道の端に寄って、足早に通り過ぎようとした。通りを行き交う者たちも声をひそめ、その場から立ち去ろうとしている。

そのとき、女の金切り声が聞こえた。

「ちょっと、何するんだよ。何をしたって言うんだよ」

聞き覚えのある声だった。

お高は思わず振り返った。暗がりのなかにおりきの顔が見えた。立ちはだかる男たちの間から、地面に倒れた男の背中が見えた。

だれだろう。

お高は足を止めて、暗がりに目をこらした。

「うるせえなぁ。女は引っ込んでろい」

男に押されて、おりきは地面に転がった。だが、すぐに立ち上がると、その袖にすがった。

「なにもしねぇよ。おとなしく話をしようっていうんだよ。そうだよな」

別の男がしゃがみこみ、倒れている男に話しかける。倒れた男のうめき声が響く。

「大丈夫かい、しっかりしておくれよ。六さん」

おりきが叫ぶ。

六さん。六平か。あの六平か。いったい何があったのだ。

考えるより先にお高の手が動いた。手にしたお玉で鍋をたたくと、カンカンと甲高《かんだか》い音がした。お咲も続く。

「大変だ。男たちが寄ってたかってひとりに乱暴をしているんですよ」

通り過ぎようとしていた人のなかからも声があがった。

「おう、何をやってんだ」

「倒れてるじゃねぇか」

草介が叫ぶ。

「ほら、向こうから十手《じって》持ちが来たぞ」

政次も続ける。

「ああ、親分だ。こっちだ、こっちだ」

お高とお先は夢中で鍋をたたきつづけた。

男たちは去っていき、通りには六平とおりきが残された。地面に座り込んだ六平におりきはすがりつき、おいおいと声をあげて泣いていた。

三

翌朝、丸九に来たお栄はその話をお高から聞いた。

「それで、どうしたんですか」

「おりきさんが六平さんを連れて帰った。よく分からないけど、お金のことでもめていたらしい。仕事の前金を返さなかったとかなんとか言ってたわ」

それを聞いて、お栄はかっとなった。

「だから、やくざ者と関わり合っちゃいけないんだよ。一度でも付き合いができると、とことんしゃぶられるんだ」

そこまで言って、お栄ははっとした。

「なんで、おりきは六平といっしょだったんですか。おりきは、六平を自分の家に連れて行くって言ってましたか」

お栄に問われてお高は困った顔になった。

「分からないわ。聞いてない」

仕事が終わるまで、お栄はおりきのことが気になっていた。漬物を刻んでいても、汁をよそっていても頭の半分におりきのことがあって離れない。

そのうちに、どうしてそんなにおりきのことを心配しなくてはならないのかと、自分で自分に腹を立てた。だが、店を閉め、片づけがすむとお栄は急いでおりきの小間物屋に向かった。

おりきの小間物屋は神田淡路町《あわじちょう》にある。間口の狭い小さな店は、いつも通りきれいに整えられていた。

表で声をかけると、おりきが出て来た。

「なんだ、お栄さんじゃないの」

前の晩、泣いたからなのか少し顔がむくんでいる。

「なんだじゃないよ。あたしは、お高さんからあんたの話を聞いてびっくりして来たんだよ」

「そんな怖い顔しないでおくれよ」

おりきは薄く笑った。

「いったい、どうして六平といっしょだったんだよ。あの男とちょくちょく会っているのかい」

「だからさぁ」

手伝いの女に店を任せて、おりきはお栄を奥にある住まいの方に誘った。

「石屋で働くようになってから、どうしているのかと思って一度、たずねてみたんだ。まじめに働いているって聞いて安心したんだけどさ。六平が腹が減っているって言うから、めし屋に行った。そばじゃ腹にたまらないって言うから、白飯を食わせた。あの男、また六杯も食べたんだよ」

おりきは少しはにかんだように笑い、急須《きゅうす》に残っていた出がらしの茶をすすめた。

「もう四十を過ぎているんだろ。よく、そんなに食えるねぇ。飯を食いすぎるから、頭がまわらなくなるんじゃないのかい」

「そんなこと、言わないでよ。まぁ、たしかにそういうところも、あるんだけどさ」

給金のほとんどが食べることに消えてしまう。酒も飲みたいと甘えられて、酒も飲ませた。

「そんなことして、鴈右衛門さんはいいのかい。知れたらことだろう」

「だから、酒を飲んだのは、そのときだけだってば」

本当に酒を飲んだのはそのときだけなのか。酒だけだったのか。

お栄はおりきの親切を通り越した、ちゃらんぽらんさにいらいらしてきた。

「それで、なんで、やくざに追われるようになったんだよ」

「だからねぇ。前にあたしとあんたでそば屋に行ったとき六平に会ったよね。連れの男がいたじゃないか」

「ああ。顔に傷のある男だね。妙な仕事を頼まれたけど、断ったんだろ」

「あたしにはそう言ったけど、その仕事を受けてたんだ。夜中に家の前にいたら、中から人が飛び出してきた。張り倒して気絶させろと言われていたのに取り逃がしちまった」

「それで、その仕事もお払い箱になったのかい」

「そう。だから、橋の下で寝ていた」

「だけど、そのときの前金は返したんだろ。あんたが都合してやったじゃないか」

「ううん。金を手にしてうれしくて、つい飲んじまったんだってさ」

「馬鹿だね」

「うん。大馬鹿だ」

おりきはうなずく。

「だけど、惚れちまったのかい」

「それはないかな……。分かんない」

お栄はあきれた。

「しっかりおしよ。これ以上、あの男に関わったら碌《ろく》なことはないよ。あんたがどんなに稼いでも、その金はあの男が飲んだり、食べたりして使っちまう。それに、雁右衛門さんのことはどうするんだよ。立派ないい人じゃないか。あの人こそ、あんたを幸せにする人だよ」

「そう、ポンポン言わないでよ。あたしだって分かっているよ、それぐらい。だけど、六平がかわいそうなんだよ。このまま、ほっておいたらどうなるか分からないよ」

「かわいそうなのは、あんただよ。しっかりおしよ。昔、占い師に言われたことを忘れたのかい。それで、小間物屋といっしょになって、あんたの運がひらけたんだろ」

お栄はおりきの腕をつかんで体をゆすった。

小磯川と名乗っていたころの六平は色白で鼻筋が通って、涼しい目をした五月人形のようなりりしい若者だった。故郷に錦を飾るんだという晴れやかな夢を持っていた。けれど、今は、ただのくたびれた中年男だ。夢もなければ気概もない。楽で金になりそうなうまい話を聞かされれば、後先のことも考えず、ふらふらとそちらに寄っていく。

そんなこと、ちょっと話をすれば分かることではないか。

おりきは、いったい、六平のどこを見ているのか。

「あたしは六平のことが好きなわけじゃないよ。鴈右衛門さんだよ」

おりきが言った。

「言っている意味が全然分からないよ」

お栄はかっとなって大声をあげた。

「だから、好きなのは鴈右衛門だってば。やさしいし、物知りだ。あの人が金持ちだからいいって言っているんじゃないんだよ。風呂がなくても、女中がいなくても、あたしはあの人が好きだ。正真正銘、心からあの人が好きなんだ。だけどさぁ。六平はほっておけないんだ。それはもう、どうしようもないことなんだよ」

そう言うと、おりきは声をあげて泣きだした。

「あんた、いくつだよ。五十にもなって、まだ、自分のことが分からないのか。十七のお近のほうがよっぽど大人だよ」

「まだ、五十になってないよ。四十九だ」

おりきはそう言うと、また、泣き声をあげた。

その晩、お栄の部屋の戸がたたかれた。明かりがもったいないし、寒いのでお栄は布団に入っていた。

「夜分に申し訳ありません。おりきがこちらに来ていないでしょうか」

鴈右衛門の声である。

昼間のことがあるから、お栄はびっくりして、そっと戸を開けた。

「おりきがいないんですか」

「ええ。さっきまで私のところにいたんですが、ちょっとうとうとして目を覚ましたら、いなくなっていたんです。書き置きが残っていました」

「はぁ、そうですか。まぁ、立ち話もなんですから、とりあえず中へどうぞ」

あわてて布団をふたつ折りにして部屋の隅に寄せて、自分はちゃんちゃんこを着て戸を開けた。

雁右衛門は家でくつろいでいたところを、あわてて出てきたのだろうか。寝巻にしているらしい木綿の浴衣の上に、厚い綿入れを重ねている。戸を閉めるときにちらりと見たら、長屋の入り口脇に駕籠《かご》が止まっているのが見えた。頬が赤く染まっているのは、寒さのためだけではないだろう。

「その書き置きっていうやつを見せてもらっていいですかね」

お栄が言うと、雁右衛門が懐《ふところ》から半紙を取り出した。汚い字で「申しわきありまし。旅にでませ。さがいでください」とあった。

「なんだよ。こりゃぁ。寺子屋からやり直したほうがいいんじゃないのかい」

お栄が冗談めかして言ったが、雁右衛門は笑わない。

「神田の店にも戻っていないし、なじみの店とかもあたらせたんですが分からない。ここは丸九のおかみさんから、教えてもらいました」

谷中の石屋には行ってみたのかと、のどまで出かかったが、さすがに言葉にならない。

「おりきは死ぬつもりじゃないでしょうか」

雁右衛門がたずねた。

「いや、それはない。それだけはない。心中しようとふたりで水に飛び込んでも、あの女は浮いてくる」

「心中？　おりきには男がいたんですか？」

真顔で鴈右衛門がたずねたので、お栄はあわてた。

「いやいや、そりゃぁ、もののたとえだよ。そんな、鴈右衛門さんがいるのに、ほかに男なんているはずがない」

「やっぱりねぇ。そうじゃないかと思っていたんですよ。ここ最近、おりきの様子が変だった。まさかとは思っていたけれど、そうですか」

一気に悲しそうな顔になる。

こういうとき茶でも出せればいいのだが、火鉢《ひばち》の炭は埋めてしまって鉄瓶《てつびん》には冷めた湯しか残っていない。しかたないので、その残っている白湯《さゆ》を湯飲みに入れてすすめた。

「いえね、おりきは今まで、いろいろ辛いことがあったでしょ。だから、あんまり幸せだと不安になるんですよ。なんか、とんでもなく悪いことが起こるんじゃないかと思ったりね。そういうことなんですよ」

いろいろしゃべってみるが、かえって鴈右衛門の疑心をあおっているような気がする。

「ありがとうございます。いい年をしてみっともないとお思いでしょう。だけどねぇ、おりきといっしょにいると楽しいんですよ。ぱあっと明るい日が差すみたいでね」

鴈右衛門は目に涙をためている。こういう穏やかで立派で、まわりからご隠居さんなどと呼ばれて大事にされているであろう老人が悲しんでいる姿を見るのは辛い。

「大丈夫。あたしには、少し心あたりがありますから。鴈右衛門さんは家に帰って、暖かくして今日はもう、おやすみください。ほんとに大丈夫。昔から、あの女はね、後先考えずに動いちゃうんですよ。でもね、明日の朝になったら、今夜のことなんかすっかり忘れちまう。けろりとして戻って来る。ほんとにしょうがない女なんだ」

あははと笑ってみせた。鴈右衛門が少し落ち着いたようなので、駕籠にのせ、家に戻ってもらった。

さて、おりきならどうするか。部屋に座って考えた。

書き置きをおいて出ていったということは、六平と逃げるつもりか。ならば、谷中の石屋にもいないだろう。

人は困ったとき、ふるさとに足を向けるものらしい。

おりきがどこで生まれたのか知らない。六平の小磯川という四股名はふるさとの川にちなんだものと聞いた。磯というから海か。ならば品川、大磯《おおいそ》、三島《みしま》と続く東海道の方か。いや、あの大飯食らいは山育ちだ。千住《せんじゅ》、小山《おやま》、宇都宮と続く奥州《おうしゅう》街道か。いやいやおりきと六平の考えることだ。そう遠くへは行くまい。品川、千住、板橋《いたばし》あたりでしばらく息をひそめて、ほとぼりを冷ますぐらいが関の山だ。

難しく考えてもしかたないと、とりあえず、日本橋の木戸の辺りまで行ってみることにした。木戸は四つ（午後十時ごろ）には閉められるが、それにはまだ少し間がありそうだ。着替えてちゃんちゃんこの上に、さらに綿入れを羽織って外に出る。外は真っ暗で、提灯の明かりだけが頼りだ。

しかし、おりきもあの六平と逃げて、どうしようというのだ。

おりきだって、小間物屋があるからのんきにしていられるわけで、それがなくなったらたちまち飯の食い上げだ。年も年だから、女郎にだってなれやしない。まったく何を考えているのやら。こんな寒い夜に出かける羽目になったこっちのことも考えてほしい。

ぶつぶつつぶやきながら歩いていると、お栄さんと呼ばれたような気がした。

辺りを見回してもそれらしい人影はない。道の脇に大きな石があった。

歩きだすと、こんどはもっとはっきり「お栄さん」という声がした。

「だれだよ」

声をあげると石が動いた。石と思っていたのは六平だった。

「あんた、なんで、ここにいる。おりきはどこだよ」

お栄はたずねた。

「おりきさんとは、この先の橋のたもとで待ち合わせてる。頼みがあるんだ。俺の代わりに行って、言付けを伝えてくれ」

近くで見る六平は肉の厚い、大きな男だった。殴られて、汚れた顔は腫《は》れあがって五月人形の面影はもうどこにもない。汗と血の混じった嫌な臭《にお》いがした。

「なんて言えばいいんだよ」

「俺のことは忘れて、ご隠居のところに戻ってくれ」

「へぇ。そりゃぁ、また。なんとまぁ、色男の台詞《せりふ》だね」

お栄は鼻で笑った。六平は少しの間黙った。やがて低い声で言った。

「まぁそうだよな。女に飯をめぐんでもらうような男の言う言葉じゃねぇな。頭も悪いし、すぐ人に騙《だま》される。落ちるばっかりの人生だ。だけど、俺にも意地ってもんがあるんだ。これでも昔は、相撲取りだったんだぜ。お世辞にも強かったとは言えねぇけど、自分よりもずっと大きな男を土俵に転がしたんだ。おりきさんは、そのころの俺のことを覚えていてくれている。そのおりきさんにだけは、最後はいいかっこを見せたいんだ」

六平は顔を上げて真っ暗な空を見上げた。墨を流したような暗い空に、たったひとつ明るい星がまたたいている。

「約束の時刻はとっくに過ぎている。会って自分で伝えようかと思ったんだけど、会ったら俺の決心が鈍る。困ってここに座っていたら、あんたが通りかかった。それで、心が決まった」

「おりきに惚れたのかい」

「惚れてるよ。昔っからだ。ずっと。最初に会ったときから。居酒屋で酒を運んできて俺に言ったんだ。『あんた、相撲取りかい。頑張んな。あんたなら大丈夫だよ』って。俺はその言葉を聞いて力がわいた。なんか、でっかいことができるような気がした」

「あんたは幸せな男だねぇ」

飲み屋の女なのだ。客にそれぐらいの愛想《あいそ》を言うだろう。それをずっと心に留めていたのか。それほど純なのだ。ばかばかしいほどに。

お栄は六平という男を少し見直した。

「分かったよ。おりきに会って伝えるよ」

町を抜けて橋のたもとまで来て見回すと、柳の木の陰におりきがいた。胸に小さな風呂敷包みをしっかりと抱えている。

「鴈右衛門さんが心配して、あんたを探している。早く戻りなよ」

お栄が声をかけると、おりきはとびあがりそうに驚いた。

「なんで、ここが分かったんだよ」

「どうせ、六平と逃げようとか思ったんだろ。あんたのすることなんか、全部お見通しだよ。ずいぶん長いこと、待っているようじゃないか。来ないんじゃないのかい」

「来るよ。絶対に来る。そう言ったんだ」

おりきはお栄が来た道に目をやる。

「あんた、本当に六平と逃げるつもりかい？　どうやって暮らすつもりなんだよ。勢いでつい、そんなことを言っちまって、お互い引っ込みがつかなくなっただけじゃないのかい」

「違うよ。ふたりでちゃんと話して、そうしたいと思ったんだよ」

「まったく、あんたのその無鉄砲さがうらやましいよ。小娘じゃあるまいし、どこからそんな勢いがでるんだよ」

おりきは腹を立てて横を向いた。

「じゃぁさ、こうしようか。ほら、そこに辻があるだろ。次にそこから来るのが男だったら、鴈右衛門さんのところに戻る。女が来たら、六平と逃げる」

「だめだよ。この時刻なら、歩いているのは男のほうが多いんだ。あんたは、あたしに六平をあきらめさせようと思っているけど、そうはいかないんだ」

おりきは強い調子で応えた。

「じゃぁ、いいよ。反対にしな。男が来たら六平と逃げる。女が来たら戻る」

お栄は言い返した。

息をつめて路地を見つめた。

なかなか人が現れない。

寒さで凍えて、白い息を吐きながら足踏みをして待った。

人影が見えた。

「あ」

おりきが叫んだ。

路地から現れたのは、荷物を背にした男だった。

おりきは駆けだそうとして立ち止まった。一瞬、困った顔になり、お栄を振り返った。

おりきの迷いが見えた瞬間だった。

「馬鹿だねぇ、あんたは。たしかに六平はいい男だよ。ぐずの大馬鹿野郎で、ほっとけないんだ。それは認めるよ。だけどさぁ、あんたの幸せは、そこにはないんだよ。それぐらい、分かるだろ」

お栄がおりきの手を取ると、おりきは子供のように声をあげて泣きだした。お栄はおりきの背をそっとなでながら、六平の言葉を伝えた。

翌日は薄日が差す穏やかな日だった。

昼過ぎ、お栄が厨房で菜っ葉を刻んでいると、裏の井戸の方からお近の声がした。

「あれ、おりきさん、こんにちは」

続いておりきの声がする。

「ああ、お栄さんいるかねぇ。昨日、別れたとき、お栄さんが店に来いって言ったから……」

お栄は大きな声で答えた。

「お客で来たんだろ。ちゃんと入り口からって言ってくれ」

それで、おりきは入り口に向かったようだ。今度は、入り口の方でお高の声がした。

「いらっしゃいませ。今日のお膳は鰆《さわら》のみそ漬け焼きとなめこのおろしがけ、漬物とご飯、しじみのみそ汁、甘味はお汁粉です。奥のお席にどうぞ」

奥には惣衛門、徳兵衛、お蔦、その脇に鴈右衛門がいる。

「ああ、おりきさん。遅かったねぇ。鴈右衛門さんがずっと待っていたんですよ」

惣衛門が呼ぶ。

「今ね、みんなで大根は煮たのがいいか、生でおろしにするのがいいかって話をしていたんだよ。あんたはどっちが好きかい？」

お蔦が声をかけた。

「あたしは……、切り干し大根だね。煮浸しもいいし、そのまんま、酢醤油でぱりぱりしたところを食べるのもおいしい」

おりきがいつもの明るい大きな声を出した。

「そう、きたか。切り干し大根とは思わなかった。ねぇ、やっぱり、おりきさんは面白いやねぇ」

徳兵衛の声に鳫右衛門が続く。

「まったくだ。この人と話をしていると本当に飽きないんだよ」

それらの声を、お栄は厨房で聞いた。見なくても、おりきのうれしそうな明るいまなざしや鳫右衛門のほっとした表情が気配で伝わってくる。事情を知らないはずの惣衛門や徳兵衛、お蔦が、いつもと違った様子で鳫右衛門がひとりでやって来て座っているのを見て、ちゃあんと相手をしてくれている。

「まぁ、いろいろあったけど、よかったよ。落ち着くところに落ち着いてさ」

鍋をかき混ぜながらお栄はつぶやいた。

おりきは別れた男たちのことを悪く言わない。別れた男たちもおりきのことを憎まない。

それが、おりきという女だ。

「大根とかけて、夫婦とときます」

徳兵衛の声が聞こえてきた。

「ほう、大根とかけて夫婦ととく。その心は」

惣衛門が続ける。

「煮た（似た）のがよし。ほら、似たもの夫婦って言うだろ」

「あたしは生でおろしだって、言ったじゃないか」

徳兵衛のなぞときをお蔦がまぜ返して、笑いが起こる。おりきの声も混じっている。

「ともかくも、幸せな女《ひと》なんだよ」

お栄は少し微笑《ほほえ》んだ。

第四話　朧昆布と月

一

五と十のつく日は、夜も店を開ける。朝や昼と同じく、おかずが二品に汁と飯、香《こう》の物、甘味《かんみ》だが、酒も出すので、そのあたりは考えている。

その日は鯛《たい》の刺身に朧昆布《おぼろこんぶ》をまぶして昆布《こぶ》巻きのようにしたひと皿と、厚揚げを焼いて生姜醤油《しょうがじょうゆ》をかけたもの、小松菜のおひたしとみそ汁、香の物、しじみのみそ汁とご飯、甘味は杏《あんず》の甘煮である。

お高とお栄、お近が支度をしていると、裏の井戸の方で人の気配がした。物音に気づいてお近が戸を開けたが、姿はない。木の枝が残っていた。

「あれぇ、桜じゃないか。つぼみがついてる」

お栄が驚いたような声をあげた。

「桜？」

お高も近づいてながめた。

二尺（約六十センチ）ほどの枝で、薄紅色の小さな花とつぼみがいくつかついている。色が少し濃いから彼岸桜《ひがんざくら》だろうか。

「また、あの植木屋さんかな」

お近が言った。草介は以前、寒牡丹《かんぼたん》を届けてくれたことがある。だが、草介ならこんなふうに何も言わずにおいていくはずはない。

枝を手にしたお高は思わず顔をしかめた。力任せに手折《たお》ったように根元のほうがささくれ、木肌が見えていた。

「なんだか、気味が悪いわねぇ」

お高は辺りを見回した。春といっても名ばかりで、三日ほど暖かい日が続いたと思うと、また急に寒くなる。梅は見事に咲いているが、桜の季節はまだずっと先だ。

つぼみのついた枝を捨てるのもかわいそうなので、壺《つぼ》に生けて店の奥においた。客たちが見て、話題にしたら謎が解けるかもしれない。

店を開けてすぐにやって来たのは、惣衛門、徳兵衛、お蔦の三人である。いつもの奥の席につく。

「ほう、今日は鯛の昆布締めですか」

惣衛門が相好《そうごう》をくずす。

「いえいえ、朧昆布をまぶしただけですから。でも、うまみはあると思いますよ」

お高は言った。

「朧昆布っていうのは、昆布を刃物で削るんだよね。あれはすごいね。よくあんなに、薄く長く切れるもんだと思うよ」

徳兵衛が感心したように言った。

朧昆布の技は文化文政のころにはじまったと伝えられる。蝦夷地《えぞち》で採取された昆布は、島田結束《しまだけっそく》と呼ばれる両端を折り込んだ形に整えられ、北前船《きたまえぶね》で運ばれていた。輸送の途中で内側に黴《かび》がでると、黴のついた部分を煮沸《しゃふつ》したり、酢に漬けたりして削り取った。それが発展して朧昆布になったそうだ。

酢に漬けてほどよく湿り気をつけた昆布を、職人は右足で押さえ、左手でひっぱりながら右手に持った刃物で薄くそいでいく。

一番外側の黒いものを、黒朧。中の部分を削ると白朧。お高が鯛の刺身にまぶしている部分だ。芯《しん》の部分は白地とか雪地と呼ばれ、正月飾りや上方《かみがた》の寿司に使われる。

「ねぇ、この朧昆布。もう少し、もらっていいかい」

お蔦が言った。

お高が小皿にのせて持って行くと、ご飯にのせて少し醤油をかけて食べはじめた。

「あたしは、この食べ方が好きなんだよ」

お蔦は目を細めた。

「お、うまそうだねぇ。俺にもちょいと、もらえねぇか」

徳兵衛が言う。子供のように、なんでもすぐ人の真似《まね》をしたがるのだ。お高は惣衛門の分も小皿にのせて持って行った。

「そういやぁ、今日は朧月夜《おぼろづきよ》ですかね」

惣衛門が言った。

春の夜に月がほのかに霞《かす》んで見えるのが朧月夜だ。

「今見たら、三日月が霞んでいた。お月さんは寝転んでいたね」

さっそく外をながめたお近が教えてくれた。

「そのお月さんを盃《さかずき》にたとえて、春の三日月はお酒がよく入るって言うんですよ」

物知りの惣衛門が教えてくれる。

「あ、そうだ。朧月夜といやぁ、有名な歌があったよね。えっと、あれはなんだったっけねぇ。お、草介。いいところに来た。お前、知っているだろ」

徳兵衛がちょうど、入って来た草介にたずねた。草介は仕事仲間を三人ほど連れて入って来たところだった。

「なんですか、いきなり。『照りもせず曇りもはてぬ春の夜の朧月夜にしくものぞなき』と言いたかったんですか」

すらすらとそらんじる。

「そうそう。それだよ」

徳兵衛が膝《ひざ》を打った。

さやかに照るのでもなく、といってまったく曇ってしまうのでもない、春の夜の朧に霞む月の美しさに及ぶものはないという意味の、大江千里《おおえのちさと》の歌だ。和歌にあまり詳しくないお高だが、有名なものなので知っていた。

「意外だわ。草介さんが和歌に詳しいなんて」

お高は膳《ぜん》を運びながら言った。

「施主さんには風流人が多いからね、枝にかかる月を見たいなんて言われる。自然に和歌だの漢詩だのに詳しくなる」

草介は言った。その視線が奥の花にとまった。

「あの桜はどうしたんですか」

「じつは、さっき裏の戸の前におかれていたの。だれがどうして、おいていったのか分からないけれど、そのままにしておくわけにもいかないから」

「ちょっといいですか」

身軽に立ち上がると草介は花をながめ、さらに壺から抜いて枝の根元を確かめ、小さく舌打ちした。

「ひでえなぁ。なんだよ、これ。力任せに折ったんだろ」

背後からのぞきこんだ仕事仲間の若者が声をあげた。

草介はお高に向き直り、低い声で伝えた。

「ある店の庭に桜を植えたんです。五日ほど後に宴《うたげ》をするというので、ちょうどそのころ、見ごろになる桜を探した。伊豆《いず》の下田《しもだ》に頃合いの東彼岸桜《あずまひがんざくら》があるって聞いて、取り寄せた」

「そりゃぁもう、大事に大事に、運んできたんですよ。植えてからだって枯れてねぇか、つぼみが落ちるんじゃないかって、朝晩見に行って気をつけていたんだ。それなのに、さっき見たら、枝が一本折られていた。つぼみがいっぱいついて、枝ぶりのいいやつだ」

若者が言葉を続けた。

「一番きれいに見える向きを探して植えたのに、枝がひとつなくなると恰好《かっこう》がとれなくなる。まったくがっかりだ」

別の若者もくやしそうな顔をした。

「そうですか」

お高は困って肩をすぼめた。

「いや、それはこちらの話だ。今さら、どうなることもない。桜はこのまま、生けてください。せめて花を咲かせてやりたい」

草介は言った。

草介はどこの店とは言わなかったが、翌日、すぐに伝わってきた。例によって政次が噂《うわさ》話を聞きつけてきたのだ。

お高たちが店を閉めて片づけをしているときに、ひょいとやって来て、厨房《ちゅうぼう》の隅の木樽《きだる》に腰をおろすとしゃべりだした。

「お高ちゃん、聞いてるか？　英《はなぶさ》でさ、派手な宴をするんだ。呼ばれるのは茶人に学者、風流人。『源氏物語』に花宴《はなのえん》って巻があるんだって。それにちなむんだってさ。呼ばれても、手ぶらじゃ行かれねぇから、金のあるやつじゃないと行かれねぇけどさ。そこに呼ばれるのが自慢になるような会らしいぜ。花宴に欠かせないのが桜の花で、それが、丸九におかれていたあの桜。草介が下田から運んできたやつだよ」

「そっか。その話だったのか……」

お近がつぶやいた。

「なんだ、あんた知っていたのかい？」

お栄がたずねた。

「うん、とんぼ返りが見に来いって言ったんだ。ふつうの人は入れないけど、俺の顔で入れてやるって。もう、そんなつもりはないって断ったけど」

竹造という名すら言わなくなって、「とんぼ返り」になってしまった。この間まで熱をあげていたのに、手の平を返したような冷たさだ。

「お近、あんた、自分からさんざん追いかけておいて、向こうがその気になった途端、ばっさり切り捨てるのはよくないよ。恨みを買うだろ。気をつけな」

お栄が心配そうな顔になる。

「大丈夫だよ。その宴が終わったら、あいつら田舎《いなか》に帰るんだ。来年の冬になるまで来ないよ」

お近は鼻で笑う。

「お、それからな。料理は菊水庵に頼むんだそうだ」

「え、そうなの？　どうして？」

お高は思わず聞き返した。

「考えてもみろよ。英は板長が辞めたばっかしだ。人も足りてねぇ。やりたくたって、やれねぇよ。それに『源氏物語』っていったら、京だろ。江戸風の料理じゃ合わねぇよ」

「それなら、なぜ、英でするの？　菊水庵ですればいいじゃないの。なんだか、ちぐはぐなことばかり」

　お高は首を傾《かし》げた。政次は声を低くした。

「ここだけの話だけどさ、結局、英は菊水庵に身売りをするんじゃないかって噂だよ。跡取り息子は継ぐ気がないらしいし、おかみは頑張っているけど如何《いかん》せん力不足だ。ならばいっそ菊水庵に任せて、名前を残してもらうっていうのも悪くねぇ。そう思わねぇか」

　政次は決まったことのように言う。しかし、京料理を謳《うた》う菊水庵と江戸風を名乗る英といっしょになって、うまくいくのだろうか。

「ねぇ、そういうときは、今まで英で働いていた人はみんな辞めさせられちゃうの？」

　お近が無邪気な声をあげた。

「うーん、そうだなぁ。俺だったらほかを探すね。菊水庵の人が大きな顔して入ってくるんだから、居づらいよ。仕事の進め方だってちがうだろうしさ。まあ、あの美人おかみは残れるかな。人あしらいもいいし、あのおかみで今までもっていたところもあるから。そりゃぁ、今まで通りってわけにはいかねぇだろうけどさ」

　政次はわけ知り顔に言う。

「だからね、あの跡取りがちゃんと跡取りとしての役目を果たせば、なんていうこともないのにねぇ」

　お栄がちらりとお高の顔を見て言う。

お高だってそう思う。定められた道の通りに、おりょうといっしょになって英の当主となれば、菊水庵うんぬんの話も起こらなかったのだ。姉の猪根《いね》が怒るわけである。

そして、お高はそういう作太郎を好きになってしまっている。

――だけど、その年、夏に森三が死んだから。

作太郎はそう言った。

その続きは聞いていない。

森三はなぜ死んだのか。そのことが、作太郎が英に戻らないことと、どういう関係があるのだろうか。

あのとき、ちょうど政次がやって来て話は中途で終わっていた。

その先をたずねても、いいのだろうか。だれでも、人に触れられたくないことがあるはずなのに。

「どうしたんですか。急に黙ってしまって」

お栄がたずねた。

「なんでもない。そうよね。お栄さんの言う通り。作太郎さんが英にいれば、なんということもないのよね」

お高は少し微笑《ほほえ》んだ。

二日ほどして、お高は双鷗《そうお》の食事をつくりに双鷗画塾に行った。

もちろん、作太郎に会えないかという期待も少し、いや、多いにある。だが、双鷗がお高の料理を楽しみにしているのもまた事実だ。

双鷗は相変わらず根をつめて仕事をしていて、食事を抜くことも多いそうだ。そんなことを続けていると、体が弱って食べるのが億劫《おっくう》になってしまう。ときどきは滋養のあるものを食べて、元気をつけてもらいたい。

いろいろ考えて、その日は、鯛の刺身に朧昆布をまぶしたもの、やわらかく炊いた大根、にんじんや青菜、こんにゃくなどを入れた彩りのよい白和《しらあ》え、わかめと揚げのみそ汁にご飯、香の物と甘味にあずきの汁粉《しるこ》とした。

双鷗画塾の台所を借りて、大根を温めていると、塾生の秋作《しゅうさく》が顔を出した。

「大根を煮てるんですかぁ。大きなままなんですねぇ」

秋作が鍋《なべ》をのぞきこむ。

「隠し包丁を入れてあるから、中までちゃんと味がしみるわよ」

「隠し包丁？　それ、なんですか？」

初耳だという顔をした。

そもそもお高が双鷗の食事をつくるきっかけとなったのが、この若者である。試験の点数をあげてもらいたいと、料理のことなど何も分からないのにまかない係を買って出た。

それで、お高に助けを求めてきた。少々調子のよいところはあるが、気のいい若者である。

「隠し包丁というのは、味のしみこみや火の通りをよくするために、包丁で切り込みを入れることよ。この大根は十文字に切り目を入れてあるの」

「なるほどねぇ。そうか。それで、汁に色がついているから、味もつけてあるんですよね。醤油ですか？」

「醤油じゃなくて、昆布とかつおのだしよ。上にみそをのせるし、大根にだしをたっぷり吸わせれば味は強くなくてもおいしいのよ」

「そうですか。それにしても、いい匂《にお》いだなぁ」

うらやましそうな顔をする。

「大根をだしで煮るんだよ。あんただって、できるだろう」

塾生の食事を取り仕切っているお豊《とよ》が声をかけた。

「まぁ、そうなんですけどねぇ」

秋作は言葉を濁《にご》す。お高にだしのとり方、飯の炊き方から習った。上達したとはいえ、いまだに自分ひとりでうまくつくる自信がないのだ。

「これから煮たのじゃ、今日のご飯には間に合わないけど、明日食べることにすれば？教えてあげるから、つくってみる？」

お高がたずねると、秋作の顔が輝いた。すぐに大きな大根を一本持ってきた。

「一本じゃ、足りないでしょ」

「いいんですよ。夜食にして部屋の仲間だけで食べますから」

「どうだろうねぇ。お高さんに直々に教わったって聞いたら、師範の先生たちも食べたいって言うんじゃないのかい」

お豊に言われて、秋作はあわてて大根を二本追加した。

秋作は大根を一寸（約三センチ）ほどの厚みにすぱすぱと切りはじめた。以前よりも手《て》際《ぎわ》がよくなっている。

「皮はどのくらいの厚みでむいたらいいんですか？　皮の内側に固いところがありますよね。だけど、厚くむくと、もったいないって言われるし」

「固いところを残すと筋っぽくなるからとったほうがいいわ。残った皮は、きんぴらとか、酢醤油に漬けてまかないで食べている」

隠し包丁は十文字に三分（約九ミリ）ほど包丁で切り込みを入れることだ。煉《ね》りみそのつくり方まで教えたところで、大根はほどよく温まり、汁も仕上がったので、膳を双鷗の部屋に運んだ。

双鷗は掛け軸に仕立てた絵を畳に広げてながめていた。

「そうか。今日は、お高さんが来てくださったんですね。ああ、うれしいですねぇ。なにか、おいしいものを食べたいと思っていたのですよ」

無邪気な笑顔を見せる。

膳の前に座ると、「ああ、今日は鯛の刺身ですか。これは、朧昆布ですね」とうれしそうにしている。いつもなら、もへじや作太郎がそばにいるのだが、この日はお高だけである。

双鷗は茶道でもたしなむような美しい所作《しょさ》で汁をすすり、飯を食べる。老人と言っていい年齢だが、やわらかそうな指先がしなやかに動く。この手からあまたの美しい絵が生み出されたのか。お高はつい、双鷗の手をながめてしまう。

「先日、英さんで、『源氏物語』の宴をするとご招待をいただきましてね。でも、もう、最近はそういう会に出るのが億劫になったんですよ。代わりに何か、お祝いの絵を贈らせてもらおうかと思いましてね。そうこうしていると、昔の絵が見たくなった」

双鷗は目を細めた。

「これがそうなんですか。きれいなものですねぇ」

お高は畳に広げられた三幅《ぷく》の絵に目をやった。鮮やかな色で王朝風の衣装をまとった人物が描かれている。

「古いものではありませんよ。私が修業時代に模写したもので、それを作太郎ともへじ、森三が書き写した。上手に描いているでしょう。作太郎ともへじは二十、森三は十八ですよ。花宴に桐壺《きりつぼ》、若紫《わかむらさき》。だれが、どれを描いたか、分かりますか？」

双鷗はいたずらっぽい目をした。

九蔵は料理に必要だからと『源氏物語』や『伊勢物語』、『古今和歌集』を集めてよくながめていた。もちろん正式なものではなく、わかりやすくあらすじをまとめ、和歌の意味を説明したものである。お高もときどき拾い読みをしていた。

「右のものは背景に桜があるから花宴ですね。真ん中は少女だから若紫。左は牛車《ぎっしゃ》の中に女人《にょにん》の姿がありますから桐壺ではないですか。でも、どなたが描いたのかまでは、分かりません」

「いやいや、何を描いているか分かるだけでもすばらしい。さすがです。花宴は森三です。宮中で桜の花を愛《め》でる宴が開かれる。そこで光源氏《ひかるげんじ》は朧月夜《おぼろづくよ》という美しい女人と出会う。物語作者はね、これから恋がはじまりますよと書けば終わる。ですが、絵描きはそれを形にしなくてはならない。驚き、恥じらい、とまどい。それが、ちゃんと伝わってくる。森三はいい仕事をした」

双鷗は手放しでほめる。

「もしかして、この若紫は作太郎さんではないですか」

許嫁《いいなずけ》のおりょうのことが頭に浮かんでお高はたずねた。

「これは、もへじですよ。あの男は人物を描くのがうまい。この若紫にはかわいらしさだけでなく気品が感じられる」

となると、作太郎が描いたのは桐壺か。

「別れた母親のことを思って描いたと聞きました。情感というのですかな、心に迫るなにかがある」

双鷗は静かな目をした。

「この絵を仕上げたころ、父上が私をたずねていらして、作太郎には絵の天分があるかとお聞きになるんです。私は十分、その力はありますとお答えしました。どうやらそのころ、作太郎を英に戻すという話が進んでいたらしいのですね。おりょうさんも十八になって、いつまでも許嫁のままではよくないと。それが、私のひと言で先延ばしになった。後から聞いて、驚きましたよ」

そんなことがあったのか。

お高は三幅の絵をながめた。どれもすばらしいが、お高がとくに心惹《ひ》かれたのは森三の花宴だった。

満開の桜を背に男女が向かい合って立っている。女の髪はすべらかしで袿《うちき》姿。男は直衣《のうし》。屋敷の外、渡り廊下のようなところだ。高位の婦人は御簾《みす》の奥にいて、顔を見せることはまれだった時代だが、夜にまぎれて偶然出会ってしまったのだ。男が手を伸ばせば届くところに女がいる。

女の顔は扇で隠れて見えない。男は後ろ姿だ。だが、ふたりが若く美しいことは伝わってくる。

「森三の絵が気に入られましたかな」

双鷗がたずねた。

「ええ、とても。私は谷中の寺で森三さんが描いた涅槃図《ねはんず》を見たことがあります。あの絵はとても淋《さび》しい、恐ろしい絵だと思いました。でも、これは全然違います」

「そうですか。あなたはあの涅槃図を淋しい、恐ろしいと思われましたか。けれど、あの絵を見て救われると思う方も多いのですよ。だから、あの寺ではああして、毎年、最後の部屋に飾っている」

お高は意外な気がした。

「涅槃図というのは、多くの画家に繰り返し描かれてきたものなんですよ。だから、そこに自分らしさを加えようとするのは、難しい。人ではなく、花や木で悲しみを描いているところに、私は森三という画家の才を感じた。冬になれば大地は凍《い》てつき、草は枯れ、木々は葉を落とす。すべてが死に絶えたように思えます。けれど時がめぐり春になれば、芽吹きの季節がやってくる。仏の救いは終わっていない。あの図には、そのことがちゃんと示されている。長く生きていたなら、どれほどの仕事をしたのか分からない。本当に惜しい人を亡くした。私は残念でたまらない」

双鷗は静かに頭《こうべ》をたれた。

「お聞きになっているか分からないが、森三は病に倒れました。体も小さいし、虚弱なところがあった。写生をすると言って箱根《はこね》に行って雨にあたった。風邪《かぜ》をこじらせて命を落とした」

「森三さんは病気で亡くなったんですか」

お高は声をあげた。

「そうですよ」

双鷗は不思議そうな顔をした。

「作太郎もいっしょに行くはずだったのですが、どういう理由か、森三ひとりで行くことになった。作太郎はそのことをとても悔いている。自分がいっしょだったら、森三は死ぬこともなかったと。自分が死なせたも同じだとまで思いつめて、それ以来、あの男は絵を描かなくなった。私が頼めば手伝ってくれるが、それ以外は焼き物をするなどと言って、あちこちを歩き回っている」

それきり双鷗は黙った。階下から塾生の声が響いてくる。

「ここには絵の道をめざすたくさんの若者がやって来ます。けれど、絵描きを生業《なりわい》にできる者はほんのひと握りだ。人一倍努力しても、あと一歩でかなわない者もいる。天分に恵まれていてもそれを生かせない者もいる。私はもどかしい思いでながめるだけだ」

お高は仲良く並んでいる三幅の絵をながめた。ひとりは亡くなり、ひとりは絵を離れた。

ずっと絵筆を離さないのはもへじだけだ。

「ごちそうさまでした。私の昔話を聞いてくださってありがとうございます」

双鷗が小さく頭を下げた。

膳を下げて台所に行くと、作太郎と秋作が大根を煮ていた。

「あら、どうして？　今、双鷗先生のお食事のお世話をしていたんですよ。お顔を出してくだされぱよかったのに」

お高が言うと、作太郎は困った顔になった。

「いや、今行くと、英の話になるから。どうするんだ、戻ることにしたんだろうと聞かれる」

「違うんですか」

お高の言葉に作太郎は渋い顔をした。

「今さら、戻ってどうなるものでもないですよ。私に料理屋の主《あるじ》は務まらない。ああ、それより、秋作が煮た大根を味見してみませんか。煉りみそもつくってみたようですよ」

小鍋の中の煉りみそを見せた。

「お高先生、こんな感じでいいですか。ぜひ、味見をしてくださいよ」

秋作は人懐《ひとなつ》っこい笑顔を見せると、さっさと小皿を用意して大根を盛り付けはじめた。

煉りみそをのせて、お豊も加わり四人で食べた。

「ああ、ちゃんと中まで味がしみているじゃないか。上出来だよ」

作太郎がほめる。

「みそが固いよ。いつまでもぐずぐず、鍋をかき回しているからだよ」

言いにくいことをお豊ははっきりと告げる。

「余熱で火が入るし、冷めると固まるの。ゆるいぐらいでちょうどいいのよ」

お高が助け舟を出す。

「ところで、双鷗先生は英に持って行く絵を探していたんじゃないですか？　気にしなくていいと言ったんだが、お祝いだからと聞かないんだ」

大根を口に運びながら作太郎が言う。

「作太郎さんともへじさんと森三さんが描いた、『源氏物語』を眺めていらっしゃいましたよ。私も見せていただきましたけれど、どれもすばらしかったです」

「ああ、あの絵か。懐かしいなぁ。あのころは、三人とも絵の話ばかりしていた。森三の花宴を見ましたか？　あれはいいでしょう？」

作太郎は屈託《くったく》のない様子で言う。

「私も知っていますよ。塾生はみんなあれをお手本にするんです。私も何回も描きました。だけど、どう描いてもただの立ち話。物語がはじまるようには見えないんだ」

秋作が悲しい顔をした。

「やっぱり、あんたは台所でうろちょろするより、一枚でも多く描いたほうがいいんじゃないのかい」

お豊がすかさず合いの手を入れ、秋作は頭をかいた。

帰りは、丸九まで作太郎が送ってくれた。

「『朧月夜にしくものぞなき』か。何ごとも、ぼんやりとしてはっきりしないくらいがいいんじゃないのかな」

前を行く作太郎が空を見上げて言った。薄い絹を張ったような空にぼんやりと月が浮かんでいる。

「女は夜目《よめ》遠目《とおめ》笠《かさ》の内だそうです」

お高が答える。

「それでお高さんがきれいに見えるのか」

「酔っているんですか？」

「そうだな。春の宵《よい》に酔った。このまま、ずっと酔っていたい。目が覚めたら、自分の不《ふ》甲斐《がい》なさを認めなくてはならないから」

作太郎の背中が淋しげに丸くなった。

「九蔵さんにもあやまらなくてはならないな。あなたが苦労して育てた英はなくなります。もう、あの美しい英はありません。私がぐずぐずと先延ばしをしている間に、取り返しがつかないことになりました」

「そんなふうにおっしゃらないでください。作太郎さんのせいじゃないでしょう。父はよけいに悲しみます」

「私のせいですよ。跡取りなんだ。私に力があったなら、こんなふうにはならなかった。父は分かってくれた。だけど、姉もおりょうも、まわりの者たちも、いまだに私が戻れば、戻りさえすればなんとかなると思っている。だけど、違うんだ。私は商いには向かない。そういう能力は皆無だ。自分でよく分かっている」

「作太郎さんが戻ったら、いろいろなことが変わってくる。だから、戻ってほしいと思っているんじゃないんですか」

「あなたまでそんなふうに言うのか」

肩を落とした。

「申し訳ありません。つい……」

期待が言葉になった。その言葉が重荷になっているというのに。

「そういう時期は過ぎてしまったんです。借財も増えてしまった。今まで集めた茶道具などを売っても、その場しのぎにしかならない。菊水庵から話があって、姉と私で相談して決めた。どんな形であれ、英の名前が残るし、おりょうも英に残れる。あの人はこんなはずではなかったと思っているだろうけど」

やさしい言い方だった。

「あの人は英のために来たから。私が守らなくてはならない人なんだ。だから、できるだけのことはしてやりたい。だけど許すことはできるけれど、もう昔のようになれない。元には戻れないんだ」

いつの間にか霧が出て、辺りを包んでいる。家並みや木々は闇《やみ》の中に溶けていった。風もなく、遠くで犬の声がした。静かな夜だ。

英は変わってしまうのか。

それは作太郎や猪根やおりょうにとって、どれほど重たい、辛《つら》いことであるのか、お高にも容易に想像がついた。

「森三にもあやまらなくてはならない。私はあやまってばかりだ」

さまざまなしがらみにがんじがらめになって、そこから抜け出すことができない。逃げ出したつもりで引き戻され、抗《あらが》いながら自分を責めている。それが作太郎という人なのか。

提灯《ちょうちん》の明かりの中にぼんやりと作太郎の背中が見える。それは、ゆっくりと遠ざかっていくように思えた。

二

お高は菊の花を手に、谷中の浄光寺をめざして坂道を歩いている。

頭の中には、森三が描いた花宴《はなのえん》がある。

なぜか女はおりょうに思える。ならば、男はだれだろう。作太郎か、森三自身か。

作太郎ともへじ、森三は親友だった。英《はなぶさ》にも出入りしていた。作太郎ともへじが二十、森三とおりょうは十八。

作太郎は森三の死をきっかけに絵から離れてしまったらしい。それはなぜなのか。なぜ自分に責があると思うのか。

双鷗《そうおう》は、病で亡くなったと言ったが、作太郎は以前、森三は自ら命を絶ったと言っていた。

作太郎が言った、おりょうを許すことはできるけれど、元には戻れないとは、何を意味するのか。

分からないことばかりだ。

詮索《せんさく》すべきではないと思う。お高が聞いていい話なら、作太郎は教えてくれるはずだから。だが、気になるのだ。

らっきょうの皮をむく猿は、こんな気持ちなのだろうか。

手がかりは谷中の浄光寺にある。そこには、森三の墓があり、絶筆となったあの涅槃図がある。思い立ってたずねてみることにした。

お栄とお近の三人で来たときは、夏の終わりだった。俗に幽霊寺《ゆうれいでら》とも呼ばれる浄光寺には幽霊の絵がたくさん集められていて、一年に一度、お盆のころに開帳される。世にも恐ろしい絵とはどんなものか、一度見たいとやって来たのだ。

あのときはまだ、作太郎におりょうという許嫁《いいなずけ》がいることも、森三という親友が亡くなっていることも知らなかった。

絵を見る人でにぎわっていた寺は、今は人気《ひとけ》もなく静かだ。葉を落とした枝が空に伸び、椎《しい》などの常緑樹も葉の色が褪《あ》せている。よく晴れて空は明るい。だが、風は冷たく、枝を鳴らして吹き抜けていく。どこからか沈丁花《じんちょうげ》の甘い香りが漂ってきた。

お高は寺の山門を抜け、伽藍《がらん》の脇を通って裏手の墓地に行った。いくつもの墓石が並んでいる。

墓石の裏には埋葬された者の生前の名が書いてある。森三は西国《さいごく》の生まれと聞いた。こちらにあるのは分骨された墓だ。おそらく森三ひとりのための墓だろう。

お高はひとつひとつ、たんねんに墓石を見ていった。

あるものはまだ新しく、本人がまだ存命なのか、文字が赤く染めてある。別のあるものは風雨にさらされ、苔《こけ》むし、墓石の角が丸くなっている。

日当たりのいい一角に、ほかよりふた回りほど小さな墓があった。裏の文字を確かめると、森三の名があった。享年は九年前の葉月《はづき》。

その年、英を牽引《けんいん》した作太郎の父、龍右衛門が亡くなっている。作太郎はこの年、近しい人間をふたりも失ったのか。

お高は花をたむけ、手を合わせた。

龍右衛門が倒れたときのことは、よく覚えている。夜半、丸九の戸がたたかれた。英からの使いだった。龍右衛門が突然倒れた。店の者はみな、浮き足立っている。板長を助けてやってくれないかという、おかみのお蓉からの伝言だった。龍右衛門は恩ある人だったし、当時の板長は九蔵が育てた男だった。九蔵は一も二もなく英に向かった。

ちょうど今ごろ、浅い春だった。

龍右衛門が亡くなったのは晩秋だ。九蔵も、同じ年の暮れ、まるで龍右衛門の後を追うように死んだ。

あのとき、作太郎はいくつだったのだろうか。

お高は指を折って数えた。

作太郎は二十七、おりょうは二十五。

周囲は当然、作太郎が許嫁であるおりょうと祝言《しゅうげん》をあげ、英の四代目を名乗ると思ったことだろう。どうして、そうならなかったのか。

森三はどういう関わり方をしたのか。同じ問いが頭の中をぐるぐると回る。

「なにを考えていらっしゃるんですか」

声をかけられた。振り返ると、墨染めの衣を着た年老いた僧侶がいた。

「さっきからずっと、その墓の前でたたずんでいらっしゃったので、失礼かと思いましたが、お声をかけさせていただきました」

穏やかなまなざしがお高を見つめている。

「以前、こちらのお寺で涅槃図を拝見しました。あの絵を描かれた森三さんのことを知りたいと思いまして」

お高は答えた。

「そうですか。あの涅槃図をごらんになった。どんなふうに思われましたか？」

老僧は双鷗と同じことをたずねた。

「私はとても淋しい、恐ろしい絵だと思いました。双鷗先生にそう申し上げましたら、時がめぐり春になれば、芽吹きの季節がやってくる。仏の救いは終わっていない。あの図には、そのことがちゃんと示されている。だから毎年、最後の部屋に飾っていると教わりました」

「そうですか。双鷗先生はそんなふうにおっしゃっていましたか」

僧侶は口元をほころばせた。

「どうやら、森三さんのゆかりの方のようですね。私の知っていることでよかったら、お伝えいたしましょう。こちらは寒いので、中へいらっしゃいませんか」

先に立って歩きはじめた。

「あの涅槃図はめずらしいものですから、参拝にいらした方からもいろいろとたずねられます。どんな人が描いたのか。なぜ、釈迦《しゃか》や弟子たちは木や花の姿をしているのか。なぜ、枯れているのか……。じつは、最初に森三さんが描いた下絵の季節は春でした。桜の花が散っていました。涅槃会《ねはんえ》は二月十五日ですから桜には少し早い。草木にたとえた絵ですから、実際の季節にこだわることもないのでしょうが」

墓はていねいに掃き清められ、黒々とした地面が見えた。日当たりのよい一角には気の早いたんぽぽが黄色い花をつけていた。

お高は僧庵《そうあん》の脇の小部屋に案内された。文机《ふづくえ》がひとつあるだけの簡素な部屋で、僧は若い僧を呼んで手あぶりを持ってこさせた。

「私どもの檀家《だんか》に、幽霊の絵をたくさん集めていた方がいらっしゃいました。その方が亡くなって、こちらで預かることになりました。よい物がたくさんあったので、しまっておいてももったいないと、お盆のころにお見せすることにしました。そうしましたら、口伝《くちづて》に広まって多くの方がいらっしゃるようになったんですよ。森三さんもそのなかのおひとりでした」

　老僧は遠くを見る目になった。

「とても熱心にごらんになっていたので、こちらから声をかけました。いろいろお話しするうちに、双鷗画塾の方だと知りました。ご自分ではおっしゃいませんでしたが、森三さんは抜きんでた画才を持つ方だったそうですね。幽霊画を模写したいとおっしゃって、こちらに通うようになりました。ときどきは、お友達もいっしょにいらっしゃいました」

「作太郎さんともへじさんですか」

「そうです。おふたりのこともご存じですか」

「はい」

　仲良く並んで絵を描いている三人の姿が浮かんで、お高は笑顔になる。

「一年後、森三さんはこの寺にあるすべての絵を描き写されました。そのとき、おっしゃったのです。じつは、涅槃図を描きたいと思っている。でも、自分は僧侶でもないし、仏のこともよく知らない。それでもよいだろうかと。私は、お心のままに描かればよいのではとお話をしました。翌年の春、また、こちらにお見えになりまして、いよいよ取りかかることにしたと。そのとき、見せていただいた下絵は、今と同じように釈迦も弟子たちも草木で表されていました。でも、季節は春で、満開の桜の花びらが散りかかっています。美しいものになりますねと、私はお話をいたしました」

「それが、どうして今の形に変わったのですか？」

お高の問いに老僧は静かにうなずいた。

「作太郎さんがおっしゃったそうです。これでは、悲しみが伝わってこない。いっそ、冬の景色にしたらどうだと。それで、草木がうなだれている淋しい景色になりました。出来上がった絵を拝見したとき、私はあまりに荒涼としていることに驚きました。でも、不思議に静かな気持ちになりました。絵の力だと思いました。そのすぐ後に森三さんが亡くなられ、ご遺族から涅槃図が寄贈されました。以来、毎年、最後の部屋に飾らせていただいております」

昨年、この寺をたずねたお高はすべてが死に絶えたような涅槃図に圧倒された。とてつもなく淋しく、悲しく思えた。だが、一歩外に出ると、強い日差しが降り注ぎ、木々は緑の葉をいっぱいに茂らせ、蟬《せみ》がうるさく鳴いていた。みごとに死から生へと世界が反転した。

「そのようにうかがうと、あの絵が違ったものに思えます」

「いやいや、絵というものは人それぞれ、思ったまま、感じたままでよいそうですよ。みなさん、それぞれの思いを持ち帰られるようです。あの涅槃図をごらんになると、なにか気づくことがある。それこそがあの絵の価値と思います」

老僧は微笑んだ。

お高は浄光寺を辞した。

涅槃図を描き上げたあと、森三は新しい絵に取りかかる準備をはじめた。作太郎やもへじもまた、それぞれ自分の画業に力を注《そそ》いでいたという。

森三の死は、そうしたなかで起こった。

ふたりで写生に行く約束をしていたが、たまたま作太郎に用事が出来ていっしょに行くことができなくなった。そこで、森三は雨にあい、風邪をこじらせた。

本当にそれだけのことなのか。

ならば、作太郎は英の当主となればよかったではないか。おりょうがいるのだから、絵を描きながらでも、当主の仕事は務まったはずだ。

そういう道もあったのに、なぜか作太郎は英からも、絵からも離れてしまった。

なぜなのだろう。

お高は谷中の坂道を歩きながら考えつづけた。

――許すことはできるけれど、元には戻れないんだ。

作太郎の言葉が耳の中で繰り返されている。

丸九に戻り、とりとめもなく、あれこれと思いをめぐらせていると、階下で物音がした。降りて裏の戸を開けると、お近がいた。

「中に入れてもらっていい？」

お近が早口で言った。

「どうしたの？　何があったの？」

「別になんにもないよ。竹造がしつこいんだ。もう一度、会って話がしたいって言うから、話すことなんかないって言って逃げてきた」

強く引っ張られたらしく、お近の袖《そで》はかぎ裂きになっている。

「ねぇ、危ないことをしたらだめよ。あなたが冷たくするから、よけいに向こうは熱くなるんでしょ。もっと穏やかに話をしないと」

「だからぁ」

お近は袖をたくし上げながら、声を高くした。

「いくら話をしたって同じだよ。あたしが好きなのは竹造じゃなくて、あいつのとんぼ返りなんだ。それだけだ。ほかのことは関係ない」

お近はきっぱりと言った。お高はお近の手に白湯《さゆ》を入れた湯飲みをのせた。

「少し落ち着いて。ねぇ、そのこと竹造さんに言ったの？」

「言ったよ。何度も。でも、ぜんぜん、分かってくれないんだ。自分の家は昔からの土地持ちで、大きな家と畑があって馬が何頭もいるとか。ひいじいさんが殿様の前でとんぼ返りをしてほめられたとか、くだらない自慢ばっかりするんだ」

つまり、一家は由緒ある家柄で、とんぼ返りが得意な竹造は村の誉《ほま》れなのだ。お近はその誉れを傷つけたのである。

「うちの長屋を見て、こんなちっぽけなところに住んでるのかって馬鹿にするんだ。だから、あたしも言ってやったんだ。なんだよ、田舎者のくせに偉そうにって。そうしたら顔を真っ赤にして怒った」

お近は口をとがらせた。

「怒るのは当たり前よ。それで、あの人たち、まだしばらくこっちにいるの？」

お高は心配になってたずねた。この調子で怒らせたら、次は袖をかぎ裂きにされるくらいではすまないかもしれない。

「ううん。明日、英の宴で踊ったり、とんぼ返りをしたりするんだ。それが終わったら帰る。ああ、早く明日が終わらないかな。そうしたら、さっぱりするよ」

「ともかく今日は、暗くならないうちに帰ったほうがいいわね。私が送っていくから」

そのとき、まただれかが裏の戸をたたいた。

開けると、ほのかに香《こう》が漂《ただよ》い、ほっそりとした姿が現れた。

「あれ」

思わずお高は声をあげた。

おりょうが立っていた。豊かな黒髪にふっくらとした頰《ほお》。切れ長の目の黒い瞳は澄んで、明るい光を放っている。

「大晦日《おおみそか》はお忙しいときにわざわざ英までおいでいただきまして、申し訳ありませんでした。あとから聞きましたら、菊水庵の方から何か言われたそうで……。ご不快な思いをさせてしまい、重ねてのご無礼、ご容赦くださいませ」

おりょうはていねいに頭を下げた。そのしぐさは流れるようだった。なす紺の鈍い光を放つ絹をまとっていた。それが、おりょうの白さを際立たせ、ほっそりとした体にやわらかな丸みを与えている。

「どうぞ、中にお入りください」

お高は店の方に案内し、床几《しょうぎ》をすすめた。

「いえ、菊水庵さんも驚かれたと思います。頼まれて来たら、先に……私のような者がいるんですもの。京料理の板長さんにしてみたら腹立たしかったと思いますよ。どうぞお気遣いなく」

お高はそう言って、茶をすすめた。

「先日のお詫《わ》びと言ったら申し訳ありませんが、明日、英でささやかな宴を持ちます。お時間がございましたら、お運びいただけませんでしょうか。お料理を楽しんでくださいませ。もへじ様もいらっしゃるとうかがっております。作太郎さんがそうしてほしいと申しておりますし……。もへじ様もお顔を見せてくださるそうですから」

「もへじさんも？」

「はい。双鷗先生のご名代《みょうだい》ということで」

花が咲いたような笑顔を見せた。

顔かたちが整っているのはもちろんだが、それだけでなく、心映えが表れているような美しさだった。

この人が作太郎の許嫁か。

そう思った途端、お高はおりょうから目が離せなくなった。

おりょうは白く細い指をしていた。お高は骨が太く、女にしては大きい自分の手を見た。重い鍋をしっかりとつかんで持ち上げるのにふさわしい手だが、それが急に恥ずかしく思えた。

おりょうがうつむくと、きれいに結《ゆ》い上げた髪に半ば隠れていた丸い耳たぶが見えた。それは白玉《しらたま》団子のように白く、ふっくらとしてやわらかそうだった。しかもこの美しい人は、自分より四つも年上なのだ。比べてもしかたがないとは思うけれど、間近に見るおりょうの女らしさに圧倒されてお高は切なくなってきた。

「え、いいなぁ。お高さん、英でごちそうを食べるの？　もへじも来るの？　それならあたしも行きたかった」

突然、お近が床几を引きずってお高の隣に座ると、ねだるような目をしておりょうを見た。

「なにを言っているのよ、図々《ずうずう》しいにもほどがあるわよ」

お高が遮《さえぎ》ったが、おりょうは笑みを浮かべている。

「ああ、そうですわね。お高さんも……、あら、申し訳ない、こんなふうに親しげにお呼びしてもよろしいでしょうか。作太郎さんからあれこれ、お話をうかがっておりますものですから、つい……」

「え、ええ、かまいません」

お高はどぎまぎしながら答えた。

「まぁ、うれしいわ。それでは、お高さんと呼ばせていただきます。お話し相手がいるほうがよろしいでしょうから、おふたりでいらしてくださいませ」

そう言って、おりょうは急に表情を変えた。

「作太郎さんから聞きましたが、あの日、なくなったはずの煮しめは裏にあったそうですね。豆腐屋《とうふ》さんが持ち帰ったとか……」

「そうなんだ。ぐるっとまわって、あたしがお裾《すそ》分《わ》けをもらった。にんじんの飾り切りが英と丸九はそっくりなんだよ。そのことを言ったらお高さんとお栄さんが急にあわてだした」

「まぁ、そういうことだったんですね」

おりょうは初めて聞いたというように、大きく目を見開いてうなずいた。

「そのお栄さんっていうのは、もうひとり、ここで働いている人なんだけど、その前に偶然、英を辞めたっていう板さんに会ってるんだよ。板さんは、絶対に自分じゃないからって怒っていた。だから、煮しめをよそにやった人は、あの日、英にいた人たちの中にいるんだよ」

お近はそう言うと、おりょうの顔をちらりと見た。おりょうはうつむくと、そっと目元をふいた。

「じつは、あの煮しめの一件は、猪根様が仕組んだことだという噂があるんです。猪根様は私を追い出し、英をご自分のものになさりたいのだと。その証拠に庭の桜を除いた」

根が邪魔になるからと植え替えた桜のことか。

「あの桜は私が英に来た記念に先代が植えてくれたものなんです。言いがかりもいいところ。まったくひどい噂です。そんなことがあるわけはないのです。猪根様はずっと私の味方になってくださった。作太郎さんが戻られない間ずっと、私を励まし、力づけてくださったのは猪根様なんです」

おりょうは言葉に力をこめた。

「そんな噂が流れているのですか……、それは……、びっくりされましたねぇ」

お高はどう答えていいのか、分からなくなりながら言った。

「ええ、まったく。猪根様がこの噂を耳にされたらと思うと、申し訳なくて……。噂を流したのは、英の事情に詳しい者に違いありません。私がよそ者だということを知っていて、私を邪魔に思っている人なんです」

「よそ者ということは、ないと思いますよ。おりょう様はおかみとして骨を折られてきたんですから」

お高はやんわりと否定した。

「いいえ、私はよそ者です。猪根様は先代のお子さん。作太郎さんも腹違いとはいえ、先代の血をひいています。でも、私は違いますから」

「じゃぁ、おりょうさんはもらわれっ子なの？」

お近が身を乗り出した。どうして、こんなに聞きにくいことをすぱりとたずねられるのだろう。

「私の父と先代とは旧知の間柄でした。父が病に倒れましたとき、すでに母も亡くなっておりましたので、先代に託されました。将来は作太郎さんとともに、英を支えるという約束でございます。でも、作太郎さんは絵に夢中でしたから。そうして何年も時だけが過ぎました」

「そっかぁ。じゃぁ、その約束は果たしてもらわなくちゃね」

お近がちらりとお高の顔を見る。

お高ははっと気がついた。

「あの、まさか、私がその噂を流したというふうには思っていらっしゃいませんよね」

思わず声が裏返った。

「まあ、お高さんが？　そんな失礼なことは思っておりませんよ。もちろん」

おりょうは大きくうなずいた。口元には笑みが浮かんでいる。けれど、目は笑っていない。おりょうがお高をたずねて来た理由は、これか。噂の出どころと勘ぐり、探りに来たのか。

背筋がぞくりとした。

三

「本当に行くんですか。あそこは鬼の棲《す》み処《か》ですよ。たちまち頭から塩をかけられて食われてしまいますよ」

お栄はお高の帯を結びながらぶつぶつ文句を言う。店が終わって片づけをすませ、英《はなぶさ》に行く用意にかかったところだ。

「だって、行くことになっちゃったんですもの」

お高はうらめしそうにお近を見る。

「悪いのは全部お高さんだってことになりませんかねぇ。あたしは、それが心配ですよ」

「大丈夫だよ。あたしがついているから」

「そういうお調子者がいるから、よけい心配なんじゃないか」

お栄は帯を結ぶ手に力をこめる。

「ちょっと、お栄さん。そんなにきつくしめないでよ」

お高は悲鳴をあげた。


英は大名屋敷に囲まれた静かな場所にある。板塀《いたべい》の入り口に英と書いた小さな額があるだけのひっそりとした佇《たたず》まいだ。だが、この日ばかりは次々と駕籠《かご》が到着し、着飾った人々が三々五々と入っていく。

玄関では猪根とおりょうが待っていて、客に挨拶《あいさつ》をしていた。お高とお近が入って行くと、猪根はこのふたりはだれだったかと不思議そうな顔をし、おりょうが笑顔で迎えた。

二階の広間に行くと、すでに半分ほど客が来ていた。

お高とお近は末席に案内された。上席には大店《おおだな》の主人、名のある学者、風流人と思える男たちが座っている。一様に身なりがよく、裕福そうである。女はお高とお近だけだ。どうやら場違いなところに来てしまった。お高は居心地が悪くなった。

しばらくすると、もへじがやって来て隣に座った。

「よかった。お高さんも来てくれたんですね。作太郎のやつは顔を出してくれと言うし、双鷗《そうおう》先生からはお祝いの絵を預かってしまった。だけど、こういう場所は苦手でね。来ている人の絵を描いてもいいかと作太郎に聞いたら叱《しか》られた」

　もへじは笑いながら、興味深そうに部屋の隅々に目をやる。

まだ少し時間があるから、あちこちを歩いてみないかと誘われて席を立った。

「懐かしいなぁ。昔は毎日のように、ここに来てご飯を食べさせてもらっていた。女中さんたちが絵を描いてくれって来るんですよ。作太郎はこの家の坊ちゃんだし、森三はおとなしすぎる。俺はこの通りの性格だからね。いつも、本物よりも三割増し美人に描いてやった。田舎の両親に送るって言ってたけど、本当かなぁ」

　屈託ない様子でもへじは思い出を語る。

　中庭で歌声がするので近づいてみると、花飾りをつけた女たちが輪になって踊っていた。

お近はすばやくお高の後ろに隠れた。

　女たちの後ろで腕を組んで立っている若者がいた。

　竹造である。

　真剣な表情で女たちの動きを見ている。

　廊下伝いに歩いていくと、池のある庭に出た。花をつけた桜の木があった。華やかな紅色の花が今を盛りと咲き誇っている。草介が下田から運んだものだろう。花の形は丸九に届けられたものと同じだった。

「あの花はさ、竹造があたしのところに持ってきたのかなぁ。でも、なんにも言ってなかったんだよ」

お近は首を傾げた。

「竹造さんじゃないと思うわ。大事な花を勝手に折って、ここの仕事を失いたくないもの」

「ふうん。じゃぁ、だれがやったの？」

お近がたずねる。そう聞かれると、お高は言葉に詰まった。

「双鷗先生の軸を飾ってくれたって言ってたけど、どこなんだろうなぁ」

もへじはきょろきょろしながら歩いている。

「淡彩の小さなものなんですが、それがいいんですよ。お高さんにも見てもらいたい」

歩いてくる仲居に声をかけてたずねた。

「それなら、こちらのお部屋でございます。のちほど、襖《ふすま》を開けてみなさまにもお披露目《ひろめ》いたします。どうぞ、ゆっくりごらんくださいませ」

襖を開けた中は十畳ほどの座敷だ。

床の間に目をやったお高は息をのんだ。

「えっ、これ？　違うよね」お近が叫んだ。

「なんで、この絵がここにあるんだよ」もへじがつぶやく。

床の間にかかっているのは涅槃図である。浄光寺のものとよく似ている。だが、大きさはかなり小さい。中央にはねじれたように曲がった松の枯れ枝。周囲を囲むのはしおれたり、枯れたり、折れたりした草木。出来上がりが気に入らなかったのか、斜めに大きく墨の線が入っている。

もへじは床の間に駆け上がると、すばやく軸をはずして巻き上げ、懐《ふところ》に入れた。

「早く、ここを出たほうがいい」

もへじはお高とお近の腕を取るようにして座敷を突っ切り、奥の廊下に出た。そこは給仕の者たちが使うらしい細い廊下だ。急ぎ足で建物の端まで進んで二階にあがる。

「危ない、危ない。あのまんま、あそこにいたら、俺たちがあの絵を掛けたことになっちまう」

もへじは大きなため息をついた。

「さっきの絵、あれは森三さんが描いた涅槃図ですよね」

お高はもへじにたずねた。

「そう。下書きだけど。あの男は気の遠くなるほど描き直していた。書き損じを見られるのは嫌だろうから、作太郎とふたりで全部捨てたはずなのに残っていたんだな。だけど、なんでこんなものをわざわざ引っ張り出してきたんだろう」

　もへじは首を傾げた。

　廊下の脇に棚があり、作太郎の皿が飾ってあった。少し厚手で大きさは九寸（約二十七センチ）ほどの平皿だ。白い土で薄青い釉《うわぐすり》がかかっている。もへじはその皿に目をやった。

「だいたいのことは作太郎から聞いているんだけど、もう一度、煮しめが消えた話を教えてくれないかな」

　もへじがたずねた。お高は最初から順を追って説明した。丸九に桜の枝がおかれていたこと、煮しめは豆腐屋が持ち帰ったことも伝えた。

「そうすると、重箱の煮しめに近づけたのは、作太郎と猪根さん、おりょうさん、板長と板前、それにお米と若い女中がふたりだけってことかぁ。やっぱり、作太郎に何かを気づかせるためにやったとしか思えないよなぁ」

　廊下にもへじは座り込んだ。

「ねぇ、そもそも作太郎さんは英に戻りたくないんでしょ。おりょうさんとも、いっしょになりたくないんでしょ。なんで、そうとはっきり言わないんだよ。ずるずる先延ばしにしてさ。だから、みんなが困っているんじゃないか」

　例によってお近がずばりと言う。横でお高ははらはらした。

「いいなぁ、お近ちゃんは。そうだよね。あいつがはっきりしないのがいけない。だけどさ、作太郎は育ててもらった義理があるんだよ。おりょうさんだって行くところがなくなっちゃうだろ。もっと世慣れた男だったら、ちゃちゃっとうまいことやるんだけど、あいつはそこが不器用なんだ。森三のことがあってからは特に。あの涅槃図はねぇ、森三が自分のすべてをかけて描いたものだ。だけど、俺たち三人で描いたものでもあるんだ」

「聞かせてください。森三さんが涅槃図を描いた九年前、何があったんですか。煮しめのことも、さっきのことも、菊水庵に頼ることも、結局、そこに行きつくんですよね」

お高はたずねた。もへじは小さくうなずいた。遠くを見る目になった。

「森三と作太郎と俺は同じころ双鷗画塾に入った。そしてすぐ仲良くなった。森三は三人のなかで、飛び抜けて絵がうまかった。だけど、もともと体が強くないし、絵を描きだすと夢中になって一日じゅうでも描いているんだ。だから、よく倒れた」

九年前、森三は百年残る絵を描くと言いだした。それが涅槃図だった。森三ならできると、もへじと作太郎は思い、体の弱い森三のためできるかぎり手伝うことにした。

「画室を整え、絵具を用意した。作太郎は親父《おやじ》さんが倒れてそれどころじゃなかったはずなのに、俺以上によく世話をしていた。きっと自分が描いているような気になっていたんだな。あいつは、この絵が出来上がったら思い残すことはない。英の主人になると言っていたんだ」

宴のある座敷からは離れていて、廊下に人の姿はない。花飾りをつけた女たちの歌声が遠く響いてくる。

「季節が夏になった。森三は山に行きたいと言ったんだ。もう一度、山に入って木や草を見てきたいと」

「だって、冬の絵じゃないか。おかしいよ」

お近がたずねた。

「そうだろ。そう思うよね、ふつうはさ。だけどさぁ、あの絵には描かれていないけど、春も夏も秋もあるんだよ。森三はそれを感じさせたかった。だから命が燃えているような夏の景色を自分の目で確かめに行きたいと思ったんだよ」

もへじは悲しそうな顔になった。

「それで、作太郎さんはもへじさんといっしょに旅に出るつもりだったんですね。だけど、行かれなかった」

世話人の挨拶があって膳が運ばれ、宴がはじまった。

菊水庵という歴史ある京料理の店の力を借りて、英は新しい門出を迎えるというような話だった。

料理は『源氏物語』にちなみ、桐壺《きりつぼ》、帚木《ははきぎ》、空蟬《うつせみ》、夕顔《ゆうがお》などそれぞれの帖《じょう》を表しているという。桐壺はあわびと胡桃《くるみ》の和え物で桐の葉の形に盛り付けてあった。帚木はさざえと鯛のなますで、つまに帚木に似たおご海苔《のり》が添えてある。

客たちは素材や料理の名前、器《うつわ》の絵柄などを確かめて楽しんでいた。お近はそんなことには関係なく、ただおいしいおいしいと箸《はし》を進めている。もへじも物慣れた様子で、料理を楽しんでいた。

だが、お高の頭の中ではもへじの言葉がくるくると回っている。食べ物の味がしなくなっていた。

――おりょうさんが身籠《みご》ったんですよ。お米さんに、おりょうさんのそばにいてさしあげてほしいと言われて急遽《きゅうきょ》、旅を取りやめた。

おりょうと作太郎の子供。

許嫁《いいなずけ》なのだから、当たり前ではないか。どうして、そのことに思い至らなかったのだ。

子までなしたふたりなら、やはり添うというのが道理ではないか。どんなに思っていても、それは別の話だ。

――後で分かったんだけれど、子供ができたというのは間違いだった。お米さんがおりょうさんのことを気遣うあまりに事を大きくしたというのもあったらしい。初めての子になるはずだったからね。だけど、その旅は森三と作太郎にとっても大事だったんだ。森三は命を削るようにして描いている。絵が完成したら作太郎は英の主になる。その最後の一筆がかかっていたんだ。旅に行かれないと言ったら、森三は笑ったそうだ。『やっぱり作太郎は英が一番大事なんだね。そんなふうだから本物の絵描きになれないんだよ』。旅から戻った森三は高熱を出して咳《せき》もひどかった。その体でひとり画室にこもって絵を仕上げた。そんなことをしたら、体がもたないって分かっていたのにさ。森三が死んで作太郎は変わった。だけどね、作太郎だってよくないんだよ。森三の絵に半年近くかかりっきりで家にはろくに戻らない。そのうえ、また、旅に出たいと言うんだ。おりょうさんだって、かわいそうじゃないか。

最初は作太郎の肩を持っていたもへじも、いつの間にかおりょうの味方になっている。

——おりょうさんはあの家ではいつもひとりだった。顔立ちがよくて礼儀正しくて花を生けても文字を書かせても人並み以上にできた。そのせいかな、あの人は大丈夫だって思われていた。猪根さんはあれでなかなかお転婆《てんば》なところがあって、みんなをはらはらさせた。作太郎は絵を描いていれば満足だ。おりょうさんのことを気にかけていたのは、お米さんって女中さんだけじゃないのかなぁ。

「お高さん、若紫だって。きれいだねぇ」

お近に言われて、膳の上のふきのとうと紫がかった貝の和え物を見つめた。

『源氏物語』はいくつかの帖を拾い読みしただけだから、さほど詳しくはない。それでも、若紫、のちの紫の上のことは知っている。

雀《すずめ》の子が逃げたと言って泣いているような幼いときから光源氏の庇護《ひご》を受けて育った。

光源氏はたくさんの女たちと恋をするが、紫の上は光源氏だけを見ていた。

そして、最後は、たしか……出家をするのだ。

お高は顔を上げた。

「今日の宴を『源氏物語』にちなむというのは、どなたの思いつきか聞いていますか」

「猪根さんだそうですよ。他意はないのかもしれないけど、この家の事情を知っている者からすると、少しね。だけど、煮しめのことも、なにもかも悪意からじゃないんですよ。だれかを貶《おとし》めようとかいうことじゃない。それは信じたいなぁ」

もへじはそう言いながら、花宴《はなのえん》の皿に箸をのばした。桜鯛に桜の枝が添えてある。

「そうか、桜かぁ。分かった」

もへじが小さく膝を打った。


宴が終わり、客たちは去っていった。使用人たちは後片づけに忙しい。お高とお近、もへじの三人はまだ残っていて、お米を待っていた。

「なにか、ご用でございましたか。あら」

お米は、三人のほかに作太郎と、猪根、おりょうの姿を見つけて驚いた顔になった。

もへじが口火をきった。

「別にだれかを責めるつもりはないんだ。ただ、ちゃんと話をしたほうがいいと思ったんだよ。暮れにはせっかく用意した煮しめが消え、丸九には桜の枝がおかれ、今日は双鷗先生の軸の代わりに涅槃図が掛けられていた。それはさ、わけがあるんだ。お米さんは作太郎に聞いてほしいことがあったんだよね」

もへじはお米の顔を見た。お米の顔から色が消えた。小さく体を震わせ、両手をついた。

「申し訳ありません。私がいたしました」

「だけど、それは自分のためじゃない。お米さんの大事な人のためだ。そうだよね」

お米は丸い背中を小さくして、うなずいた。しわの多い、小さな顔だった。一途《いちず》に思いつめた目をしていた。ぽつり、ぽつりと語りだした。

「昨年末に板長が辞めることになって、いよいよ英も追い詰められました。菊水庵の手を借りるという話も進んでいると聞きました。私には、それが、どうしても納得いきませんでした。華やかな英を知っておりますから。苦しいのは一時《いっとき》のことです。ここを乗り切れば、またいい時がきます」

もへじが作太郎の顔を見る。作太郎は苦い笑いを浮かべた。お米の気持ちも分かる。だが、今はもう、その時は過ぎた。そういう表情だ。

「猪根様も作太郎様も、おりょう様がどれだけ力を尽くされたかご存じないのです。お客様の食べ物の好き嫌いはもちろん、ご趣味やお仕事、ご家族のことなど、すべて頭に入れてお迎えいたします。礼状を書き、季節の挨拶を送り、お中元、お歳暮にも心を配る。花を生け、座敷を設《しつら》え、働く者に目を配る。本当にいつお休みになるのかと思います。板前が辞めたことをあれこれ言う人もいますが、そうじゃないんですよ。私から見れば、ちょっとした行き違いなんです」

お米はのどから絞り出すように言葉を紡いだ。

「ありがとう。そんなふうに言ってくれて、私はうれしいわ」

おりょうがお米の背中をなでた。

「私はとにかく作太郎様に戻ってきていただきたかったのです。煮しめは私が戸棚の奥に隠しました。後から出すつもりだったんです。作太郎様は戻ってきてくださった。けれど、別の方がごいっしょでした」

ちらりとお高の方を見た。

「私は料理人ですから。お手伝いにうかがっただけです」

お高は答えた。嘘《うそ》はない。だが、本当にそれだけかと問われれば少し違う。

「もうひとつ予想外のことがあった。猪根さんが菊水庵の板長に声をかけたことだ。大晦日というのに、板前たちを引き連れてやって来た」

もへじが言う。

「それでもう、私がうっかりしていましたとは言えなくなりました。煮しめは後で戻すつもりで、こっそり裏に出しておきましたら、いつの間にか消えていました。大それたことをしたと思います」

「きっかけは桜の木じゃないのかい。おりょうさんが来たときに先代が桜を植えた。それが大きくなって根が悪さをするからと植え替えた」

お米はそこでこらえきれず、泣きだした。

「その通りです。まるで、おりょう様が邪魔だと言わんばかりではないですか。桜は根がつきにくいんです。植え替えたら枯れてしまいます。しかも、今度はまた、新しい桜を植えようとする。くやしくて、悲しくて、気がついたら、私は桜の枝を折っていました。新しい桜の方のところにお届けしました」

「でも、そのことは説明したでしょう。分かってくれたと思っていたけど」

猪根が悲しげな顔になる。

新しい桜の方。

お高は口の中でつぶやいた。

お米は顔を上げると、作太郎をまっすぐに見た。

「このままでは、おりょう様があまりにおかわいそうです。どうして作太郎様は目を覚ましてくださらないんですか。いつまでも、昔のことにこだわって……。九年前、お子様ができたと私は申し上げました。あのときは、そうだと思ったのです。女の方はそうあればよいという気持ちが、お体に現れる。そういうことは、あるんでございますよ。それなのに、いつまでもおりょう様をお許しにならない。くやしいんです。だから、私は作太郎様が一枚だけお持ちだった森三様の絵を掛けました。作太郎様に見ていただきたかったんです」

作太郎は悲しげに首をふった。

「そんなふうに私を責めないでくれ。私だって困っているんだ」

沈黙が流れた。お米のすすり泣きだけが響いた。

ふいに、おりょうはにっこりと笑みを浮かべた。

「お米、心配してくれてありがとう。気持ちはうれしいけど、私はあなたが思っているほど、かわいそうじゃないのよ。だって、毎日新しいお客様がいらっしゃる。おいしかった、また来たいと喜ばれる。うれしかった、手ごたえがあった。お客様のお好みやお仕事のことを頭に入れるのも、部屋を整えるのも、全部おかみの仕事なのよ。そういうことをするのが、楽しかったの。苦労なんかじゃなかったわ。でも、もし私にお父様みたいに先を見る目があったら……英はこんなふうにはならなかったでしょうね。それは申し訳なく思っています。でも、この九年、私は本当に幸せだったのよ」

おりょうは作太郎に向き直った。

「だから作太郎さんも、私のことを重荷に思わないでいいんですよ。私は九年前の私とは違うんですもの。私はここを去ることに決めました。知り合いの料理屋がおかみを探しているとおっしゃるから、そこで働きます」

晴ればれとした笑みを浮かべた。

考えた末に決めたことだろう。お高はおりょうの覚悟を思った。猪根も目を閉じ、おりょうの言葉を聞いている。

作太郎だけが言葉をなくしておりょうの顔をながめていた。

「なあ、いい加減、絵を描けよ。森三だってとっくに許してくれてるさ。なんで留《とど》まっているんだよ。お前なら、もっと行けるよ」

もへじは懐から軸を取り出すと、投げ出すように畳においた。軸はくるくると転がって涅槃図が見えた。

「そんなこと、言うなよ。俺は森三とは違う。百年かかっても、ここにはたどり着けない」

「いいじゃないですか。それでも……」

お高は思わず声をかけた。

「みんなそうなんじゃないですか。私には父というお手本があって、その背中を追いかけている。追いつけないですよ。どんどん遠くなる。でも、しかたないんですよ。思い描くものははるかに遠いんです。今のままでいいと思ったら、それで止まってしまうから。未熟なのはしかたない、失敗したら次のことを考えればいい。そうやって、前に進むんです。

私は作太郎さんに絵を描いてほしい。その絵が見たい……あ、いえ、すみません。偉そうなことを申しました」

お高は頬を染めてあやまった。

「いや、俺も同じことを言おうと思った」

もへじが笑う。

「まいったなぁ」

作太郎は苦笑いをした。

座敷ではまだ話し合いが続いていたが、お高とお近は英を辞した。

外は暗く、月が出ていた。提灯の明かりが足元を照らしている。しばらくふたりは黙って歩いていた。

「今日はいろんなことがあったね」

お近が言った。

「そうね。本当に」

お高は答えた。ほかには言葉が出ない。たくさんのことが一度に起こって、まだ胸がざわざわしている。

「男の人を好きになるって、どういうことだろうね。なんだか、分からなくなっちゃった」

お近が言った。

「だって、最初は顔がすてきとか、声がいいとか、話が面白いとか、そういうところから入るわけだよね。何度も会っているうちに性分とか、もっといろんなことを知る。思ったのと違っていても好きなままでいることもあるし、突然、嫌いになったりする。不思議だね」

「そうねぇ。何が違うのかしら……」

本当のところはお高も分からない。

初めて店に来たときから気になっていた。茶碗《ちゃわん》をもらって作太郎の人となりを想像した。そして今、作太郎のさまざまな面を知った。よい面も悪い面も、強さも弱さも。

「あたしはきっとまだ、本当に人を好きになっていないんだと思う。あたしの『好き』は薄っぺらいんだ。もっと本当に『好き』になれる人は別なところにいるんだ。今日、それが分かった」

お近がきっぱりと言った。

「そう。ひとつ大人になったのね」

ふふとお近が笑い、お高も笑った。

大通りを歩いていたつもりだったのに、人影が絶えて気がついた。いつの間にか狭い横道に紛《まぎ》れ込んでいた。

戻ろうとしたとき、突然、目の前に黒い影が立ちはだかった。

「おい、お近。お前、よくも俺の弟をこけにしてくれたな」

「あんた、だれだよ」

「俺の顔を忘れたのか。竹造の兄ちゃんだよ。こうしてくれる」

いきなり棒のようなものが振り下ろされた。

「お近ちゃん、危ない」

お高はお近の背中を押した。棒はお近の脇をかすめて地面にあたった。提灯が転がる。

逃げようとすると、後ろにも人影がある。

「なんだよ。暗闇から殴りかかるなんて卑怯《ひきよう》じゃないか」

お近は下駄《げた》をつかむと、人影になぐりかかった。だが、黒い影はお近の手首をつかんで、ねじりあげた。お近が悲鳴をあげた。

「お前みたいな女はどうなるか、分かっているだろうな」

影はお近を軽々と担《かつ》ぎ上げ、さらっていこうとする。

「何をするのよ」

お高は影に飛びついた。だが、太い腕で振り払われ、地面に転がされた。一瞬、血が逆に流れた気がした。お高は男にしがみつき、夢中で叫んだ。

「お近を離して。どこへ連れて行くのよ」

男の腕につかまれたお近が暴れながら叫ぶ。

「馬鹿野郎。何しやがるんだ」

がたがたと音がして、明かりが近づいてくる。

「おい。お前はだれだ。どこのもんだ。女を離せ。こっちは大勢だぞ」

覚えてやがれと、捨て台詞《ぜりふ》を残してふたりの男は逃げていった。

地面に座り込んでお近は大声をあげて泣いた。

「ありがとうございます。ありがとうございます」

お高も震えながら何度も繰り返した。

提灯の明かりがお高の顔を照らした。

「お高さんじゃないか。いったい、どうしたんだよ」

草介だった。

ちょうど英の仕事を終えて帰るところで、叫び声を聞いて駆けつけて来たのだ。

「あたしが悪いんだよ。竹造をこけにしたから兄ちゃんたちが怒って仕返しに来たんだ」

それだけ言うと、お近はもっと大きな声をあげて泣いた。

翌日、丸九が店を開けると、いつものように客たちが入って来た。

「英の花宴は盛会だったらしいなぁ」

「ああ、料理は『源氏物語』でさ、若紫とかいろいろ帖があるだろ、みんなそれにちなんでいるんだ」

「若紫のほかには、何があるんだよ」

「だから、いろいろだよ」

「はあ」

「いいんだよ。分かる客が来ているんだから」

客たちは互いに聞きかじったことを披露し、あれこれとかまびすしい。

江戸の料理は濃口醤油を使うので、どうしても色が渋くなる。上方は薄口醤油なので素材の色を生かして調理できる。春らしい淡い色合いの白魚の卵とじやさえざえとした白色に、お高の心はときめいた。

これが京の料理か。目で食べさせるとはこのことかと思ったのだ。

その一方で、江戸っ子の大好きな甘じょっぱい味の煮物も出てきた。

もともと京料理で売っていた英は龍右衛門の代で江戸風に変わり、人気になった。今度は京風と江戸風を上手に組み合わせた新しい料理で客を呼ぶのかもしれない。

おりょうは新天地で自分の力を試すのだろう。

昼近くになると、惣衛門、徳兵衛、お蔦の三人がやって来た。

「お高ちゃんも昨日の英の宴に行ったんだってね。どうだったかい?」

お蔦がお高にたずねた。

「すごい、おいしかったよ。ほっぺたが落ちそうだった。それにね、何皿も何皿も出るんだよ」

お近が答える。

「ええっ、お近ちゃんまで行ったのかい? なんで、そういうことになったんだよ」

徳兵衛が目を丸くする。

「それより、お高さんもお近ちゃんも、そろって顔に青あざつくっているのは、どういうわけなんです」

惣衛門がたずねる。

「それはもう、いろいろと……」

お高がごまかす。

「派手な大立ち回りかい」

お蔦がふんわりと笑う。

その日は、貝柱と三つ葉のかき揚げに海苔の佃煮《つくだに》、かぶの浅漬け、里芋《さといも》と豆腐のみそ汁と麩《ふ》のきな粉と黒蜜《くろみつ》がけである。

「かき揚げはそのまま食べてもいいですし、お茶漬けにしてもおいしいですよ」

お高が声をかける。

「ねぇ、朧昆布はもうないの？」

徳兵衛がねだる。

「ああ、ごめんなさい。今日はないんですよ」

「そうかぁ、今日は月は出ないのか。あれは、人を恋する歌だね」

『照りもせず曇りもはてぬ春の夜の朧月夜にしくものぞなき』と言いたいらしい。

「月は出てますよ。私はね、はっきりと目を開いて見ることにしたんです。いいところも、悪いところもみんな。その人、全部」

お高は答えた。

そのとき、入り口の戸が開いて作太郎ともへじが入って来た。お高とお近の顔のあざを見て驚いた顔になる。

そのすぐ後、草介が仲間ふたりを連れてきた。

「あざと打ち身には山椒《さんしょう》の葉の汁が効くそうですよ」

にやりと笑って山椒の葉の束を手渡した。

「へぇ、こりゃぁまた、面白くなってきたねぇ」

徳兵衛が小声でつぶやいた。

蟹《かに》鍋《なべ》煮《に》

さっぱりと酢じょうゆで味をつけているので、蟹の甘味が引き立ちます。
江戸時代は蟹といえば浅瀬でとれる渡り蟹でした。

【材　料】（2人分）

渡り蟹……2～3杯
しょうが……適量
酢……大さじ1／2
しょうゆ……大さじ1／2
ごま油……大さじ1

【作り方】

1　渡り蟹は殻ごと縦半分に切る。しょうがはせん切りにする。
2　鍋にごま油を熱し、しょうがと渡り蟹を入れて、強火で炒めて火を通す。
3　しょうゆと酢を回しかけて火を止め、器に盛りつける。

＊殻付きのずわい蟹や毛蟹でも、おいしくできます。

お高の料理指南

ごぼうとにんじんの白和え

水気の多い、とろりとなめらかな和えごろもです。白みそと練りごまの味つけでこくを出します。

【材　料】（2～3人分）

ごぼう……5㎝
にんじん……5㎝
こんにゃく……1／8枚
絹ごし豆腐……100g
練り白ごま……大さじ1
白みそ……大さじ2

【作り方】

1　ごぼうはささがき、にんじんとこんにゃくは食べやすい長さの細切りにする。ごぼうとにんじんは歯ざわりよくゆでる。こんにゃくもゆでてあくを抜く。

2　豆腐をボウルに入れ、泡だて器でなめらかにしてから、練りごま、白みそを加えて混ぜる。

3　1と2を和える。

＊ごぼうとにんじんの代わりに、ゆでたほうれん草やひじきなどもおすすめです。

お汁粉

粒が残るように煮るので、小豆のおいしさが味わえます。
皮が破れてしまうので、豆が躍るほど強火にしないでくださいね。

【材　料】（6人分）
小豆……カップ1
上白糖……カップ1と1／2
［白玉粉……100g
［水……約カップ1／2

【作り方】
1　小豆はさっと洗い、たっぷりの水とともに鍋に入れ、沸騰したら弱めの中火にして10分ほどゆでる。
2　ゆで汁を捨て、再びたっぷりの水を加えて1と同様にゆでる。あくが浮いてきたら水をかえてゆでる。小豆の皮がやわらかくなるまで、これを2〜3回繰り返す。
3　ゆで汁が小豆よりも1センチくらい上にある状態になるようにして、上白糖を加えて弱めの中火で15〜20分煮る。煮汁を多めに残して仕上げる。

4　ボウルに入れた白玉粉に水を加えて混ぜ、耳たぶくらいのやわらかさにする。18〜20等分して直径2センチほどの大きさに丸め、指で押して中央にくぼみをつくる。鍋にたっぷりの湯をわかしてゆで、浮いてきたら、すくって湯をきる。

5　3を器に盛りつけて、4をのせる。

＊あれば、小豆は大粒で皮が破れにくい大納言を。煮餅がお好みなら、3の途中で鍋に餅を加えていっしょに煮ます。

本書は、ハルキ文庫のために書き下ろされた作品です。

時代小説文庫
な 19-5

しあわせ大根《だいこん》 一膳《いちぜん》めし屋《や》丸九《まるきゅう》㊄

著者 中島久枝《なかしまひさえ》

2021年4月18日第一刷発行

発行者 角川春樹

発行所 株式会社 角川春樹事務所
〒102-0074 東京都千代田区九段南2-1-30 イタリア文化会館

電話 03(3263)5247[編集] 03(3263)5881[営業]

印刷・製本 中央精版印刷株式会社

フォーマット・デザイン&シンボルマーク 芦澤泰偉

ISBN978-4-7584-4401-9 C0193

http://www.kadokawaharuki.co.jp/[営業]
fanmail@kadokawaharuki.co.jp[編集] ご意見・ご感想をお寄せください。